西部
文化
旅游丛书 LÜYOU CONGSHU
XIBU WENHUA

西部文化

旅游丛书 LÜYOU CONGSHU

XIBU WENHUA

触摸大地

CHUMO DADI

胡杨◎著

中国西部探险之旅

敦煌文艺出版社

图书在版编目（C I P）数据

触摸大地 ：中国西部探险之旅 / 胡杨著 . -- 兰州 ：
敦煌文艺出版社，2019.8
ISBN 978-7-5468-1758-3

Ⅰ . ①触… Ⅱ . ①胡… Ⅲ . ①游记－作品集－中国－
当代 Ⅳ . ① I267.4

中国版本图书馆 CIP 数据核字 (2019) 第 151315 号

西部文化旅游丛书

触摸大地：中国西部探险之旅

胡 杨 著

项目策划：杨继军
项目负责：田 园 马吉庆
项目统筹：马吉庆 徐 淳
责任编辑：赵 静
装帧设计：吉 庆

敦煌文艺出版社出版、发行
地址：（730030）兰州市城关区读者大道 568 号
邮箱：dunhuangwenyi1958@163.com
博客（新浪）：http://blog.sina.com.cn/lujiangsenlin
微博（新浪）：http://weibo.com/1614982974
0931-8773148（编辑部） 0931-8773112（发行部）

兰州银声印务有限公司印刷
开本 787 毫米 ×1092 毫米 1/16 印张 12.75 字数 192 千
2020 年 1 月第 1 版 2020 年 1 月第 1 次印刷
印数：1 ~ 1 500

ISBN 978-7-5468-1758-3
定价：68.00 元

目 录 | CONTENTS

寻找阿尔金

几天以来，我们一直在寻找；几天以来，我们一直走在路上。

几天以来，我们从极限的概念到极限的真实，走进了丰富多彩的阿尔金，体验了艰难困苦的阿尔金。我们触摸极限的视野在不断地战栗，这战栗中，有惊叹和喜悦，有怀想与品味，更有担心与忧虑。

阿尔金，在我们走遍你、感觉已经了解了你的时候，你的面孔却变得越来越陌生，似乎真正的阿尔金仍游离于天外，仍飘浮于高高的云朵之上，没有人可以触及。

这可能就是阿尔金，这可能就是阿尔金的魅力。

广袤的沙漠、浩瀚的戈壁、高耸的山峦、无边的草原、纵横的溪水、稀少的人烟，多彩的地理景观所蕴藏的奥秘将在我们的探视中一一展现。

戈壁上的几道车辙，填满了风的痕迹，这已是明晰的路了。感谢先行者的迹履，我们来了，苍茫大地又印上新鲜的标记。而再往远处走，无边无际的荒芜散漫地展开，我们又成为先行者。

我指的是新疆。

众所周知，占中国陆地面积六分之一的新疆，由于地处全球最大的陆地板块——欧亚大陆的中心地段，距离海洋最远，加上高大的山体环绕，除准噶尔盆地和阿尔泰山西南迎风坡可接受大西洋微弱湿润气流的影响外，其余各方海

阿尔金的早晨

洋气流遥不可及，致使境内降雨极少，大陆性气候极为显著，整体上是半干旱、干旱甚至极度干旱交错的区域。又由于巨大的天山山体东西横贯中部，将新疆隔成南北两大盆地，而盆地中又以沙漠和荒漠为主，形成高山、盆地、沙漠和荒漠并存的宏观地貌特性。它们之间海拔、气温、干湿度和生物种群变化极大，落差极显。这样复杂多样的大型地貌和生态环境在全国独一无二，在全球亦属典型。南部的喀喇昆仑山、昆仑山、阿尔金山和帕米尔高原浑然一体，一般海拔 5000 米—6000 米，山体高峻，多冰峰雪岭。

这些山脉构成了新疆的基本地貌。如果新疆是一个健壮的人体，那么这些山脉就是其骨骼和心脏。

我们所要去触摸的极限被那些高大山系的阴影笼罩着，其中的神奇与惊艳、死亡与困顿，又是无数个谜底和陷阱，等待我们揭示和跨越。我指的是南部的昆仑山、阿尔金山和帕米尔高原边缘的广大地区。

我们是从巴音郭楞蒙古自治州州府所在地——库尔勒出发的。

库尔勒因为盛产棉花、石油、水果而闻名天下，而它深厚的历史却隐藏于浓郁的瓜果香之中，很少被人们关注。其实，这里已有几千年的开发史了。巴音郭楞蒙古自治州境域早在西汉时期就有 11 个“城国”和“行国”分立。西汉太初四年（前 101），在西域设使者校尉，在今库尔勒、轮台一带屯田。神爵二年（前 60），西汉政府在乌垒（今轮台县境内）设西域都护府。

乾隆三十六年（1771），土尔扈特部回归，实行世袭札萨克制，乌纳恩苏珠克图盟旧土尔扈特部南路四旗五十四苏木河巴图色勒图盟和硕特中路三旗十一苏木共同游牧于这块土地。

回忆着这段悠远的历史，我们途经尉犁、若羌，穿越 440 公里的绿洲、荒漠和原始胡杨林带，直插山谷。这里地处中纬度地带，山地间夹杂有大小不等、高低参差的盆地，既有南疆酷热、寒冷、蒸发量大的气候特征，又有高寒山区多风、阴湿的区域小环境特点，可谓一步两重天。我们刚刚经历了荒漠的酷热天气，山谷里的阴湿又使人浑身发抖。

同行的专家告诉我们，这条山谷叫红柳沟，是阿尔金山的余脉，因谷内溪流纵横，芦苇、红柳丛生而得名。据说，这里曾是野骆驼的交配繁殖之地，每当春暖草盛之际，野骆驼便成群来这里度蜜月，后来修建了公路，竟然不见野骆驼的踪迹了。

我的印象中，大家从 40 多公里长的红柳沟中走出时已是夕阳西下，无限的光辉照耀着荒野，稠密的骆驼草和芦苇幻化为巨大的梦境，景观之雄浑、壮美绝无仅有。这已是阿尔金山自然保护区的外围，但大家仍处于沉闷的气氛中，除了拍照纪念，没有人发表言论。

考察的第一站是若羌县的依吞布拉克镇。我们是在穿过又一列山系之后到达依吞布拉克的。星星在山间闪烁，只看见一重又一重的山峦，看不清山峰大概的轮廓。颠簸的山路，让我们丝毫不敢放松警惕，都睁大双眼，盯着前方的道路。

依吞布拉克镇的阿尔金宾馆孤独地矗立于荒野。知道我们要来，宾馆特意亮起了电灯。这个只有上千人的小镇，居民大多是工矿企业的民工，却有县级建制。很久以前，令人心惊胆战的“老茫崖”——世界上最大的石棉矿，使这里的空气中弥漫着石棉的尘埃。石棉是肺矽病的罪魁祸首。不过阿尔金山自然保护区的人说,现在的情况好多了。从茫崖经过,只看见远处山麓有腾起的烟雾,石棉矿物的粉尘没有了。

在阿尔金宾馆住了一夜之后，我们又出发了。按照预定的考察路线，从依吞布拉克镇到青海茫崖镇要走 32 公里，之后就是茫茫的戈壁和山路。到阿塔提罕山口检查站已是中午时分。检查站地处阿尔金山东部入口，一条溪水环绕，流入山谷汇聚为河流。洪水季节，肆虐的河水冲断道路是常有的事。好在我们

通往阿尔金的山地

到来的时候，简易的沙石路已经修好，不然，与这个小小的检查站的相遇不知道会经历怎样的磨难。

回想所走过的道路，库尔勒至若羌是全新的柏油路，沿途虽然没有多少车辆，但汽车不敢跑得太快，因为这段路是限速的等级公路。从若羌到依吞布拉克就没有那么幸运了，有极易陷车的库木达坂和地势险峻的塔什达坂，全是盘山公路。我们经过时，全段修路，只好绕道而行。山谷中的河水、险滩坑坑洼洼、崎岖不平，汽车像蜗牛一样一步一步往前挪。

到了阿塔提罕山口检查站，我们就已经站在了阿尔金的门户。站长乌图那生严肃地拦住了我们的车。乌图那生是一个典型的维吾尔族汉子，他在保护区工作的时间不长，但尽职尽责，一个人风里来雨里去，活像一个野人。我们到达检查站后，虽然领队是他的朋友，但他还是默默地翻看车上的装备，索要有关的通关材料，做完了这一切后，才和我们大大方方地开玩笑。

他把一锅煮好的羊肉汤端出来，拿出维吾尔族人常吃的馕，给我们解决了午饭问题，这也是我们进入荒原后吃到的最可口的午餐。

朋友归朋友，但寂寞的乌图那生最不希望看到的还是大批人涌进保护区。也许是做保护工作的职业敏感，他告诉我们，荒漠地貌是经历了几千年、几万年才形成的。别小看那一层薄薄的壳，狂风吹过，动不了它分毫，可汽车碾过之后，那层壳就会被压碎，大风就会吹起沙尘，甚至把草连根吹起，渐渐地，连片的青草全都会枯死。野生动物是荒漠的主宰，遇到进入的人群，它们会高度紧张，有个别比较执着的动物会追着车辆跑，直至精疲力竭而亡。

从阿塔提罕山口检查站到祁曼塔格乡还有二百多公里的艰险路程。乌图那生不放心，坚持要陪我们去。我们知道，他是不放心他的保护区，怕我们不熟悉道路，压坏这里的植被。哪怕是压坏一棵草，他都会心疼。

有了乌图那生领路，我们一头扎进了群山之中的羊肠小道。尖利的石子铺陈于路面，刚刚进山，就有一辆车爆了胎，这是我们没有预料到的。这样下去，爆胎的事情不可避免，而我们每辆车上准备的备胎只有一条。

换好了备胎，我们继续前行。果不出所料，又接二连三爆了两条胎，这样三辆车就再也没有备胎了。是继续前行，还是无功而返？在严峻的抉择面前，本来愉快而充满期待的旅行笼罩了不祥的气氛。

这时候，大家都看着乌图那生。他果断决定由一辆车返回附近的茫崖镇购买备胎，其他车辆按原计划赶路，大家在祁曼塔格乡会合。那辆返回的车必须赶夜路才能按期到达会合地点，我们都捏着一把汗。好在乌图那生交代再三，考察队又派了有野外生存经验的司机和队员前往，我们才互相道别。

从依吞布拉克到祁曼塔格，除了最初的 50 公里荒野便道，几乎再无真正意义上的路，河流、泥塘、沙梁子、陡坡、沟壑和雪山达坂，似乎永远也走不完。初次进入这段艰险的路程，大家还为雄奇的风景所倾倒，后来，千篇一律的沟鏊磨钝了感觉，我们只有一分一秒地忍耐。

一个个险情出现，又一步步跨过艰难，我们感觉到，阿尔金已经在窥视我们了。

荒原在整个山体的控制下，如拥挤的洪流恣意蔓延。山陡峭高峻，一如狰狞的巨兽看守着荒原，而荒原也在自己的领地酣畅淋漓地铺陈。水，想怎么流就怎么流；草，想怎么长就怎么长。在荒原上，自由的风吹拂着自由的一切。

我恍然悟到，是自由孕育了荒原的壮丽。当我们为自己所看到的惊讶万分时，其实我们所惊讶的是荒原的自由精神。

我们明显地体会到了阿尔金对我们的礼遇：晴朗的天气，明媚的风景，大野中的大美一览无余。远远地，有一个黑点，乌图那生说：“那是祁曼塔格乡。”祁曼塔格乡，我们可爱的大本营，我们终于扎进了你的怀抱。

祁曼塔格，说它是一个行政组织，一点儿也看不出来。在整个荒芜的中心，它只占据了几间破旧的土坯房。这几间土坯房围起来的四合院，更像是游牧者的定居点。可它就是新疆若羌县的一个乡。高高的木头杆上飘扬着五星红旗，门柱的两边挂着“祁曼塔格乡党委、乡政府”的铜牌，院子里的一间房门口挂着“祁曼塔格乡人大”的铜牌。

全乡有十户牧民，共三十多人，散布在广袤的荒野上。祁曼塔格乡实在太

从库尔勒准备出发

大了，在我们的活动日程安排中，两天马不停蹄的奔跑，都没有越过它的边界。据说，祁曼塔格乡有几千只羊，但放眼望去，仍然是安静无涯的荒野，那些羊，云深不知处。

乡政府正轮到洪林值班。他看见我们来了，热情地把我们迎进四合院，让我们吃羊肉抓饭。我们很奇怪，他怎么知道我们要来，而且要来几个人也判断准确。其实他早就知道我们来了，他说自己站在房顶上看我们很久了。我们这才看清，房顶上有一架观鸟镜，可以清楚地看到十公里范围内的情况。要知道，十公里的荒原路，我们要走半个多小时。对于我们的到来，洪林激动得不知道说什么好，先是让我们擦把脸，擦去满脸的灰尘，然后急不可耐地让我们吃饭。

洪林有一肚子的话想对我们说，可是看着我们风尘仆仆的样子，又什么话都说不出来。人在荒野上住久了，学会了与荒野上的风说话，与荒野上的草、水、动物说话，见了人，反而木讷了。

看见我们，洪林只是重复一句话："总算安全地来了，总算安全地来了。"有了爆胎的经历，后援的车辆怎样了？洪林的话提醒了我们。一路上有惊无险，也算顺利，而洪林用了那么重的语气，似乎有些夸张。但听了洪林讲给我们的故事后，我们都惊呆了。

那是几个月以前，祁曼塔格乡的出纳和会计从若羌赶回来，正遇上一场洪水，他们乘坐大卡车被洪水从山路上冲到了山谷里。洪林伤心地说："多么大的一辆卡车啊，是县里刚刚给祁曼塔格乡配发的，被洪水冲到山谷里的一瞬间就解体了。事后，县里派了几拨人去寻找，只找见了几块铁皮。出纳和会计，只找见了胳膊和头。太残忍了。"说着说着，洪林流下了泪水。

一位哲人说过，世界上最美丽的花，往往盛开在人所不能涉足的地方。阿尔金山国家级自然保护区这朵"世界上最美丽的鲜花"，正因为亘古的荒芜和艰险的进入条件，才保持了无法超越的魅力。

从这个角度上看，我们的进入是幸运的。同时，我们也为冒犯了这块净土而充满歉意。

阿尔金，在即将要触摸你的心跳的时候，我们沉默了。我们要仔细地了解你，然后准备好心情，期待你。

阿尔金山国家级自然保区位于新疆、青海、西藏三省区交界的新疆东南隅。随队的中国科学院地理科学与资源研究所研究员李炳元告诉我们，人们所说的阿尔金山国家级自然保护区的核心区域，是在昆仑山东部的群山之间，从地理上已经不能说是阿尔金山地区了。这一情况，我们在库尔勒就有所了解：1983年，在阿尔金山国家级自然保护区成立之时，当时的开拓者们一直为保护区的命名而头疼。一般来说，保护区的命名都是以所在地的地名为主，而这个保护区实在太遥远、太宏大了，以昆仑山命名，更显得大而无当，无法捉摸。相比较而言，“阿尔金”还是很响亮的。

阿尔金山山脉的蒙语意思为“有柏树的山”。专家告诉我们，阿尔金山是我国西部地质演化历史最长、各种地质作用最为发育的少数几个地区之一，特别是前寒武纪岩石地层出露非常完整而广阔，对我国西部前寒武纪地质构造演

祁曼塔格乡的几户牧民

极荒漠地区的沙地

风化石与沙山

化研究有着举足轻重的作用。尤其重要的是，著名的阿尔金走滑断裂延绵数千公里，横跨东亚，至今仍在活动，对青藏高原隆升和环境变迁起着十分重要的控制作用。复杂的地质演化历史为成矿作用提供了良好条件，闻名遐迩的昆仑玉与和田玉是古往今来多少人梦寐以求的宝物，而丰富的石棉矿和云母矿更是现代社会不可或缺的自然资源。人们对阿尔金山的熟知和阿尔金山的知名度，更有利于提高保护区的声望和保护的力度。

阿尔金山国家级自然保护区的核心区从保护区北缘鸭子达坂向南抵阿雅格库木库里，向西沿便道经黑山、4879高地北麓转向西南，至风尘口以北沟口向西，顺大沙沟折向西南，经5878高地、白长山以北，再向西抵5613高地一线以南地域和鸭子达坂以南便道向东至3892点，沿贝提力克达里亚河到大九坝，再折向东，沿库如克贝提力克塔格北缘、哈夏克勒克得亚河至新疆、青海一线的以西、以南地域。这样一个大圈画下来，仅核心区的面积就达到33124.5平方千米。这一区域内有保存完好的天然状态的生态系统和珍稀、濒危动植物分布，严禁人类进入。

缓冲区为核心区东界以东、东北界以北地域和鸭子达坂向南折向东便道，与保护区北缘祁漫塔格山山体海拔4000米等高线以南地域，面积8675.5平方千米。这一区域主要用来进行科学研究和观测活动。

实验区是保护区东部求勉雷克塔格以西、以南与核心区、缓冲区夹峙的地区，面积为3200平方千米。在这块区域中，人们可以从事教学实习、参观考察、旅游探险等活动。

这样看来，阿尔金山国家级自然保护区绝对是中国乃至世界上面积最大的自然保护区；这样看来，我们的双脚已经站立在一个极限的范围之内了。但对于我们的考察活动来说，这仅仅是万里长征的第一步。

世界上最大的自然保护区：奇异的岩溶地貌，多彩的植物群落

阿尔金山国家级自然保护区横跨新疆若羌、且末两县，地处东经80° 10'~90° 1'，北纬36° 00'~ 37° 49'之间。从地理位置看，位于东昆仑山中段北坡大型凹陷盆中原藏北高原向北延伸地带，是羌塘高原的组成部分。该地区地形封闭，地貌复杂，空气稀薄，平均海拔为4000米—4500米。

当越野车行驶至阿尔格山中，我们的眼前突然一亮。原本我们是紧盯着地面上的变化的，并没有注意山中的地形已经由狭窄逐渐变得宽阔，山谷中已经有了稀疏的植物，尖利的石块成为细碎的沙层。这样的情形，让我预感可能有奇迹发生。果不其然：一片古老的岩溶地貌突兀地呈现，绵延不断，拔地而起，直插蓝天！有的像骆驼、大象、苍龙、卧虎；有的像笔架、天桥；有的像庙宇、点将台、拴马桩……惟妙惟肖，千姿百态。溶沟、石芽、甬道、走廊，又如同幻化的仙境。最逼真的是一只昂首的“神龟”，怎么看怎么像。那只“神龟”高约10米，长20多米，正好面对着苍茫的荒野，如同保护区的忠诚守护者，神往和留恋着这片姿态万千的土地。我轻轻地抚摩着那光滑的石面，风、岁月、雨雪都在它上面了，它细致的花纹，记录着漫长的地质变化，记录着沧海桑田的寂寞。

这片岩溶地貌东起布喀达坂峰，西止阿其克库勒湖，长350公里，宽20公里—30公里，面积约10000平方千米，深藏于海拔4400米—5000米的崇

酷似骆驼或乌龟的风化岩

山峻岭，延伸至碧蓝的湖泊。

“静扫群山出，突兀撑青空”。阿尔格山的岩溶地貌，由于局部地区受到第四纪冰川的影响，岩溶地貌套叠冰川地貌，崖壁奇峭，蔚为壮观。

阿尔金山国家级自然保护区高原盆地周缘的高山发育着现代冰川，北缘祁曼塔格山脊线，南缘木孜塔格峰至新疆一侧，共有冰川 388 条，面积达 878.3 平方千米，流向保护区的冰川总贮量为 678.2 亿立方米。木孜塔格峰和布喀达坂峰是现代冰川集中发育地域，冰川面积占保护区冰川总面积的 77.5%，厚度在 100 米以上。这里的冰川类型多样，有悬冰川、冰斗冰川、山谷冰川、坡面冰川、平顶冰川等。

这些冰川所凝固的浪涛，是阿尔金山国家级自然保护区盛开于天空的花朵，它们争奇斗艳，凝集了大自然的至美、至真、至善，汇集了日月星辰的纯洁与光明。它们高悬于上，是阿尔金山国家级自然保护区的徽章；流泻而下，是阿

荒漠中的小草

水生草

沙拐枣

羽毛三芒草

尔金山国家级自然保护区的花、草、海子和牛羊。也正是这些丰腴的冰川、古老的岩石，幻化为大自然的神工鬼斧。

阿尔金山国家级自然保护区是我国乃至世界上第一个以保护高原荒漠生态系统为主的保护区。偏僻的地理位置、高寒缺氧的自然条件，使保护区内留下了种类繁多、数量庞大的特有珍稀野生动物。也由于保护区极其独特的地理环境和丰富的自然资源，世界自然与自然资源保护联盟和世界野生动物基金会在联合考察了阿尔金山国家级自然保护区后宣称：阿尔金山国家级自然保护区是世界上少有的生物地理省之一，是不可多得的高原物种基因库。在建立之初，自然保护区即被收录于《大英百科全书》名录，填补了我国高原生态系统自然保护区的空白，1994 年被列入中国生物多样性保护行动计划。

在阿尔金山国家级自然保护区穿行，触景生情，我总结了自己的绿洲生活经验。一块绿洲不是孤立的，从冰川、山脉、山前冲击带、沙漠、戈壁、干旱草原、半干旱草原到草原、湿地、绿洲和村庄，一次次漫长而细微的过渡，揭示着绿洲地理的奥妙。东昆仑中段北坡的大型凹陷盆地，东邻柴达木盆地，南倚昆仑山，与藏北高原相接，北部被干旱贫瘠的阿尔金山所屏蔽。复杂多样的地形，构成了阿尔金山国家级自然保护区的奇特景观。荒漠地理的奥妙也渐渐拉开帷幔：植物从种类和分布上充分显示出由中亚荒漠向青藏高原过渡的特征，高等植物种类达300余种，并分布有较大面积的高寒草原。祁曼塔格山南侧为高山荒漠植被，以蒿叶猪毛菜、碱蓬菊科蒿属为主。海拔4000米—4500米的平原和宽谷为稀疏的高山草原，以沙生针茅、莎草科苔草为主，亦有匍匐水枝柏、兰侧金盏花、细裂补血草、地蔷薇及十字花科植物分布。

我们的视野中，这样的过渡由北向南，随着不易觉察的缓坡呈梯次排列，先是山前冲击带上的旱生植物，它们匍匐于戈壁，但连成一片。单个儿看，是淡淡的红色，放眼望去，却是深红色的阵列，相信看过这色彩阵列的人，都会被其宏大的气势所震慑。与这个阵列一同延续的是黄色的芨芨草阵列、浅绿色的低芦苇阵列、嫩绿色的水草阵列和碧绿的河水。如果从空中俯视，这片土地早已是一块织锦了，它的自然、流畅、大气、绝艳，又是任何人工的织锦所不能比拟的。穷尽人间最美的形容词，也难以描绘它的壮丽。

在我看来，这样的植物过渡带，在全世界都应该是一个范本了。它在可视的区域，跨越了所有的地理界限和物种界线，神奇地把不同气候带上的植物种类以及不同季节的色彩整齐地排列开来，如果不是亲见，没人相信它的存在。在目睹此情此景的那一刻，我真希望我的眼睛是一台全息照相机，把所见的一切完整地影印于心灵，这完全是只属于心灵的圣景、圣地。

这算不算是一个地理景观上的极限？我个人固执地认为是。如果真的是，那么我们这次的极限探索，肯定是最完美、最独特的。

阿尔金山国家级自然保护区：世界上最美丽的河、湖、泉
世界上海拔最高的沙漠

有人说，阿尔金山国家级自然保护区是“高原桂林”，说的就是它的河、湖、泉。

我们的大本营设在地处祁曼塔格乡的阿尔金山国家级自然保护区依协克帕提中心站。其实，祁曼塔格乡就是保护区里的一个依山傍湖的居民区，而要见识具有极限意义的河、湖、泉，我们还要从阿雅格库木库里北岸翻越祁曼塔格山达坂。

200多公里的路，我们整整走了8个多小时。时而穿戈壁，时而走沙地，时而翻山越岭，时而泥泞沼泽。羊肠小道有之，弹坑般的陷阱有之，千难万险，不一而足。我们总结了一下，这里的路可以分为四类：一是搓板路，由于盐碱的侵蚀，道路如同搓板且坚硬无比，车走上去，速度快了颠簸，速度慢了用不上力；二是按摩路，道路沟壑纵横，车行其上，前后左右摇摆不定，坐在车上的人也跟着摇晃，互相按摩；三是窒息路，路面上有一层厚厚的细沙尘，如同面粉，最厚可达40厘米以上，有车通过，尘土飞扬，覆盖车身，几乎没有能见度，足以使人窒息；四是拆车路，也就是崎岖不平的山路，有搓板型的，有弹坑型的，爆胎、剐车是常有的事。

极限的存在，是因为有顽强的阻挡。冲过去了，人对极限的触摸才能成为可能。

阿尔金山国家级自然保护区内主要有8条河流，它们与众多时令河一同组成了高原盆地中的“大动脉”，滋润着广袤的高山草场。8条主要河流的流域面积达两万平方千米。河流的水量补给主要有两种，即冰川融水和出露泉水。保护区内的河流有的汇入湖盆，有的潜入地下，有的冒出地面，缓缓向盆地洼地集合；有的水质纯洁，有的矿化度高达71.5克/升。皮提勒克河为保护区内最

阿尔金山

大的河流，源于布喀达坂峰北坡，注入阿雅格库木库里，全长 280 公里，流域面积达 6250 平方千米。

保护区的湖泊如繁星密布，径流总面积 1200 平方千米，占保护区面积的 2.7%，它们是保护区的肺和血液库。阿雅格库木库里位于保护区北部，面积 536 平方千米，是保护区内面积最大的湖泊；阿其克库勒湖位于保护区西部，面积 352 平方千米，矿化度 81.6 克 / 升，湖中屹立着两个小岛，像是牦牛的雕塑，岛上居住着大量的鸟群。这样的湖心岛，这样的鸟岛，在海拔 4500 米以上，也算是海拔最高的鸟岛之一了。鲸鱼湖位于保护区南部，因形状酷似鲸鱼而得名。这样酷似鲸鱼的湖泊，也可以算作是“中国之最”了。

我们的目的地是“沙子湖”和“小沙子湖”，维吾尔语谓之库木库勒湖和克其克库木库勒湖，位于库木库里沙山的环绕之中。绵延数十公里的沙山，在

阿尔金山谷地

海拔 4900 米以上那明净天空的背景下，显得端庄秀丽，夺人心魄。同行的李炳元研究员实地测量海拔高度，对比现有地质资料，认为这是世界上海拔最高的沙漠。在中国的西藏地区，可能有海拔很高的沙丘或沙滩，但从规模上说还不能称之为沙漠，而库木库里沙山，面积分布广阔，自然景观雄浑，且沙、水、草原、野生动物相映成趣，自然的矛盾统一，蕴藏了无限的奥妙。

我们选择了小沙子湖北侧干旱草原的一个制高点，这是一处因地壳运动而隆起的小山包。我们架起高倍数的观鸟镜，远眺沙山。沙山优美的波痕如同汹涌的激浪，显示着西风吹拂的力量。让我们意想不到的是，沙山上竟然栖息着无数野牦牛，它们黝黑的身躯与金黄的沙子形成强烈反差，让我们更清楚地看到了它们的雄姿。阿尔金山国家级自然保护区的景致从来不是单一的。那天，我们运气很好，天气晴朗，沙山背后的雪山银光闪闪，像是披甲戴盔的武士，保卫着沙山、湖泊、草原和牦牛的安宁。

库木库里沙漠的面积达 2556 平方千米，呈不规则长方形，横卧在祁曼塔格山南麓，海拔高程在 3916 米—4706 米之间，主要由高大的金字塔沙丘与复合新月形沙丘组合而成。沙漠平均厚度 300 米，最大厚度超过 500 米。沙漠底部潜水丰富，沙丘中悬湿沙层很厚，因此在个别地方发育着小片绿洲。积沙滩新月形沙丘位于鲸鱼湖以东，巍巍雪山以北，海拔 4800 米—5000 米，面积 120 平方千米，比号称“世界第一高程沙漠”的南美洲阿塔卡玛沙漠（海拔 3000 米左右）还要高出近 2000 米。

看见了高耸的雪山，我们就轻而易举地知道了沙子湖湖水的来源。雪山冰川的融水，通过沙山内部的水脉持续不断地注入沙湖，沙不掩水，水从沙出，奇迹就这样诞生了。那么，如此多的沙子又是从哪里来的呢？中国海拔最高、景致最美的沙漠是怎样形成的呢？

普遍的说法是地形成因说：库木库里沙山的西北部是祁曼塔格山，因常年吹西北风，刮起的沙粒在山前堆积，久聚成山。也有人说阿尔金山国家级自然保护区一带原有的丘陵沙化后，沙粒直接覆盖丘陵而形成沙山。

李炳元研究员认为，库木库里沙山的沙子中有很多云母和石英，这些都是花岗岩的组成元素，估计在过去的一两百万年间，大量的花岗岩因为干燥而风化，形成了高原上的沙漠。我们爬上了一座处于半风化状态的山脉，仔细地辨认了那座山上的岩石，那些花岗岩随便拣一块扔在山上都会摔成碎片。

沙漠中的不少湖泊中都有岛屿，这些岛屿是地下水上涌时碳酸钙沉积而成的，如果地下没有岩石，哪里来的碳酸钙沉积？这应该是库木库里沙山形成的最准确的解释。

积沙滩小湖群在沙丘链分隔的海拔 4900 米的沙漠中，呈月牙形分布着 145 个小湖泊，保护区内还有多处冰河期残留的冰川终碛湖。受构造断裂裂隙控水作用和断层阻水影响，保护区南北侧地下水量差异很大，沿断裂走向南侧，有多处断裂泉。在石灰岩地层出露着涌泉，是很好的地下水资源。明布拉克，即“千泉”之意，由近千口泉眼散布在洼地边缘而得名。其火山活动区尚有多处待探明的高山温泉。

在通往沙子泉的旅程中，可以说是险象环生。我们先是让一辆性能较好的车辆探路，其他的车辆跟随前进。车辆陷进沙窝里，大家集体推车，一辆车救护另一辆车，一路上小心翼翼。司机们都是如临大敌般专心致志地盯着前方，稍一犹豫就会出问题。沙漠里开车，讲究的就是胆大、心细，二者不可偏废。即使这样，在通过一处沙子泉溢流的河床时，我们的车还是陷进泥潭里了。看似平坦稳固的河床，汽车越是加力，越是往下陷，我们只好下车静待外援。这是整个考察行程中最艰难的一次救援。黄昏时刻，霞光溶金，把沙子泉古老的河床装扮得娇艳无比，可是我们谁都没有心情观赏风景，都在开动脑筋想办法挖出深陷泥潭的越野车。

短暂的黄昏在不知不觉中消失了，高原的天空立刻暗淡下来。北风劲吹，

沙子泉

保护区的草原

刚刚还很炎热的沙漠已是寒气袭人了。

我们站在河床干燥的地方跺脚取暖，不想，干燥结实的河床逐渐稀软，再站下去，就会把人也陷进去。领队果断决定留下两个人看守车辆，其余的人分乘其他车辆返回大本营寻找救援设备。

黑夜沉沉，考察沙子泉的计划因此中断。我们盼望着返回大本营的车辆能很快从附近的牧民那里找到圆木、铁锹，把深陷泥潭的车挖出来。

前去大本营寻找救援设备的车辆无功而返，我们只好从长计议，全体人员撤离，第二天再去救援车辆。一路上，大家谁都不说话，但谁都清楚，如果夜晚有一场山洪冲泻而下，那辆越野车的命运就不言而喻了。好在一夜无雨，一夜星斗满天。

第二天，我们通往沙子泉的旅程又开始了。

阿尔金山国家级自然保护区东北部库木库里沙山北麓坡角的沙子泉，有三口标高在3920米的泉眼，其东、南、西三面被沙子环绕，呈向北开口的漏斗形。最大的泉眼直径在200米以上，其他两眼直径均为50米。泉水为下降泉特点，由坡角一线以数千股散流潺潺溢出，若人立泉水中，动则下陷。

这就是我们要去的沙子泉。水从巨大的沙山下涌出，水泛沙，沙涌水，水花波动，在阳光下熠熠闪亮，这样的奇迹，就连著名的敦煌月牙泉也不能媲美。

阿尔金山国家级自然保护区——世界上最大的野生动物园

阿尔金山国家级自然保护区生命的律动，是那些奔跑的藏野驴提供给我们的。最初，只听有人惊呼一声："看！"我们循声看去，一片尘土飞扬中，一群飞驰的影子若隐若现。我们纷纷拿起望远镜看，原来是一群动物。专家们说，那是有名的藏野驴。我们赶紧停下车。奇怪的是，那群藏野驴也停下步伐，观察我们。之后，我们陆续与野牦牛、藏羚羊、藏原羚、黑颈鹤、雪兔等会面，那样的激情"遭遇"，现在想起来，也只能在阿尔金山国家级自然保护区发生了。

作为高原野生动物繁衍生息的乐园，阿尔金山国家级自然保护区内分布着各种各样的珍禽异兽，被誉为"天然动物园"和"有蹄类动物世界"。现有野生动物359种，其中高等动物63种，包括国家重点保护动物野牦牛、藏野驴、藏羚羊、藏原羚、雪豹、黑颈鹤、藏雪鸡等，且种群数量较大，密度较高，如藏羚羊数量为3.7万只，占全国总数量的三分之一以上，藏野驴数量近3.9万头，野牦牛数量为5800多头。

保护区交通不便，人迹罕至，野生动物密度大，是开展多学科研究，认识生物间的相互联系与制约及生态变化规律的理想空间。进入保护区的通道仅有东、北等山隘，设卡管理。

我们考察过的唯一有进出口水的淡水湖伊阡巴达湖，又称依协克帕提湖，面积18平方千米，形如葫芦，水质较好，湖中生长着钩虾等多种水生生物。湖

美丽的红草

周边的湖盆区是发育良好的天然草场，紫色、红色、黄色、绿色的草，栖息着无数欢快的鸟，最名贵的是黑颈鹤。它们或栖息于水草间，或翱翔于水面，或互相嬉戏，让这里成为鸟类的天堂。

我们经过的红柳沟里，野骆驼虽然早已失去了踪迹，但它的存在却是一个让人兴奋的消息。

野骆驼属偶蹄目驼科，为食草动物，身躯高大，头较小，耳短小，上唇分瓣似兔唇，背有双峰，尾短，四肢细长。一般 15 峰左右为一群，偶尔可见几十峰一群。每群由一峰成年公骆驼和一些母骆驼以及未成年的仔驼组成。野骆驼受惊时，奔跑速度可达 70 千米 / 小时。它们有很强的忍耐饥饿的能力，背部的驼峰储藏了大量脂肪，血液有抗脱水功能，即使十天半个月不吃不喝，仍能精神矍铄地游走于戈壁沙漠。

阿尔金山的野生动物中，给我们留下深刻印象的是野牦牛。去沙子泉的路上，我们遭遇了车陷人困的被动险情，就在大家着急地从生态无人区返回大本营依协克帕提中心站寻找救援工具时，野牦牛却来帮闲。它们成群结队地从对面的沙山上冲下来，有几头竟然围追堵截，横挡在我们的必经之路上。

乌图那生早就警告过我们千万别惹野牦牛，依协克帕提中心站一带就发生过野牦牛伤人的惨剧，他自己也有过惊心动魄的经历。

前几年的一个夏天，依协克帕提中心站一带有一个小伙子，自恃年轻气盛，见到不远处的野牦牛，恣意戏弄，或做出攻击的样子，或扔出石块公然挑衅。一开始，野牦牛并不当一回事儿，独自漫步于草地，后来小伙子大喊大叫，终于激怒了野牦牛。冲过来的野牦牛有闪电般的速度，让小伙子惊呆了。一瞬间，小伙子高大的躯体就被挑在野牦牛粗壮的犄角上了。小伙子当场毙命，但他的遗体怎么从野牦牛的犄角上取下来就成为一个大问题。保护区的同志们向上级部门申请，决定枪杀野牦牛。但这也不是一件容易的事，既不能惊吓成群的野牦牛，又不能挑起野牦牛对人的仇恨，只能选择这头野牦牛独处的时候，干净利落地解决此事。

一个月之后，一声枪响结束了一头野牦牛的生命。

今年夏天，乌图那生开着保护区的大卡车到依协克帕提中心站送给养。这条路，乌图那生他们走了无数遍，一整天的颠簸，使他们疲劳不堪。眼看就要

藏羚羊遗骸

死去的野牦牛

到依协克帕提中心站了，乌图那生刚刚松了一口气，就听见了隆隆的响声，那声音就像是一对巨大的鼓槌急速地打击鼓面。抬眼一看，是一头疯狂的野牦牛向他们袭来。这突如其来的变故，一时间让经验丰富的乌图那生愣住了。大卡车的车身猛烈地晃动了几下，坐在车上人大气也不敢出一口。他们紧紧地依偎在一起，在车厢里坐了半个多小时，直到确信再也没有任何动静时，才小心翼翼地把头伸出车窗：天哪，一头足有一吨重的野牦牛瘫倒在车轮下，地上是小溪流一样的鲜血。

那头野牦牛撞死在大卡车上了。卡车的轮胎被撞坏，油箱被刺破，抛锚在荒野上，就像一堆废铁。乌图那生他们徒步前行，敏锐地观察着四周的情况。野牦牛是很抱团的，血腥味随风飘向四方，如果引来成群的野牦牛，后果真的不堪设想。乌图那生他们最先做的事情就是清除野牦牛的血迹，掩埋野牦牛的遗体，直到天明时分，他们才安全地返回依协克帕提中心站，然后像一堆泥一样，瘫了。

那些往事，只是听乌图那生讲，我们就已经心惊肉跳，此刻看见挡在我们的面前的野牦牛，更是惊恐万分。

野牦牛就在我们前方 40 多米远的地方，后方 40 多米远的地方还有几头。越野车不像大卡车，车身低，野牦牛一头撞上去，绝对是几个血窟窿。

大家听从乌图那生的统一指挥，关好车窗，保持安静，耐心等待。等到天黑透了，几辆车同时打开车灯，野牦牛怕光，可能就会逃之夭夭。但事实并不像我们想象的那么简单。当车灯的光柱直射野牦牛，它们还是纹丝不动。从望远镜里，我们观察到野牦牛并无敌意，只是在好奇地欣赏。这就遭了，我们要等到什么时候啊！时间在一分一秒地过去，河床里的留守人员既冷又饿，眼巴巴地盼望着我们的归来。好在挡在车后的野牦牛消失了，我们当机立断，先到河床接留守人员，一同返回依协克帕提中心站，第二天再救援陷入泥潭的车辆。

这一去一回就是一个多小时。我们想，都一个多小时过去了，野牦牛也早该去休息了。可野牦牛偏偏不理这个茬，它还守候在路边，等着我们。我们既愤慨又害怕，却不敢吱声。不到半个小时，野牦牛大摇大摆地走了，走的时候还缓缓地摇着尾巴，向我们道声再见。又可气又可爱的野牦牛，我们个个被它折腾得精疲力竭。

一只雪兔，我将永远把它珍藏于记忆的相册之中

几天的考察活动很快就结束了，当我一遍遍梳理那些紧张有序的日日夜夜的所有的经历，凸显于我的眼前的，是一只温柔的雪兔。

那是进入阿尔金山国家级自然保护区的第一天，我们的越野车突然停在了荒野中，我疑心是车子出毛病了，不想，大家都在小声传递一个消息："路边有一只兔子。"兔子是随处可见的动物，但在阿尔金山国家级自然保护区出现的兔子，让我们格外留意。

那只兔子浑身雪白，乌图那生说，那是一只纯种雪兔，是稀有的野兔品种。就是这只珍贵的雪兔，认真而天真地看着我们，一动不动。

兔子是最胆小的动物，轻微的风吹草动都会引起它的恐慌，在荒野中，如果你大喊一声，最先从荒草中慌不择路、迅速逃命的就是野兔。可这只雪兔太让我们惊讶了，我们围在它四周，它一点也不惊慌，还用小爪子整理着毛发，好让最漂亮的形象留在我们的镜头里。

临行前，我们轻轻抚摸了它，它友善地用扑闪扑闪的大眼睛与我们交流，那一瞬间，我差一点流下了眼泪，我认定，那是阿尔金山国家级自然保护区对我们的情谊；我还认定，阿尔金山国家级自然保护区，不仅有众多的地理极限、景观极限，还存在着一种更为稀缺的真、善、美与无障碍理解、无障碍尊重、无障碍交流的极限。

由此，我想到了很多很多。

作为一处“生态无人区”，阿尔金山国家级自然保护区的生物生产、物质循环、能量流动，经过亿万年的调整、整合，是一条最合理、最节约、最快捷的代谢链条。动植物的繁衍生息与自然的步伐协调一致，这是不容置疑的硬道理。

这使我想到了很多年前与一位老人的对话。在一片很古老的绿洲上，老人种了十亩地，放了三百只羊，一辈子都没有改变过这个数目。我问老人：“为什么不开垦些荒地，多收点粮食？”老人只说了一句话：“戈壁就是戈壁。”

是的，戈壁就是戈壁。也可以触类旁通，沙漠就是沙漠，草原就是草原。对于那位老人来说，绿洲就像他的身体，能承载多少重负，他自己清楚，因此，对于我的疑惑，他只简单而坚定地说了一句：“戈壁就是戈壁。”

荒芜的存在，是整个葱茏生机的组成部分，我们不可能把整个世界都种上麦子，我们也不可能让全部的陆地都变成森林。

从阿尔金山国家级自然保护区考察归来，朋友们纷纷以猎奇的心理盘问那里的一切，我也试着学习那位老人的语气，平静地告诉他们：“阿尔金就是阿尔金。”它的荒原、植物、动物、河流、泉湖，是自然而然的样子，是生机勃勃的风采，它们自由、快活，而自由、快活的前提是远离我们。

我还是忍不住要说那只雪兔，它所表达的友善，其实就是自然和人性的本真。这也许就是阿尔金。阿尔金就是阿尔金。

从阿尔金，我又联想到了我生活的河西走廊地区，这里终年干旱少雨，却因为祁连冰川融水的滋润，千百年来，绿洲的核心区面积始终没有多少改变。人类雄心勃勃地对它随意改动的辉煌成果，也被搁浅于荒芜的深处。那数十座废弃的古城堡，在几百年前、几千年前还是人声鼎沸、谷禾摇荡，现在则是寸草不生、沙掩残垣了。

戈壁就是戈壁。

思绪再回到阿尔金。目前在阿尔金山国家级自然保护区内分布着且末县的一个牧业农场和若羌县的一个牧业乡，共有牧民八九百人，牲畜近 4 万头（只）。属于高山荒漠草场的阿尔金，生态原本就很脆弱，再加上长期超载放牧，草原退化和沙化现象非常严重。我们看到，有牧民存在的地方，不少草场已变成沙地，就是有草的地方，用脚轻轻一踩，薄薄的一层浮土下面也会立即露出黄沙来。对保护区破坏更为严重的是牧民挖柴取暖做饭。保护区内生长一棵灌木十分不易，需要多年才能长成。牧民为了生活，大量挖取稀疏生长的灌木，不论灌木是干枯的还是绿色的，统统连根刨掉。据且末县畜牧局局长汪忠介绍，一户牧民一年至少会破坏掉百八十亩灌木。

从自然条件来说，阿尔金并不适合人类生存，深居高原的牧民，单凭放牧很难步入小康生活。生态移民是解决牧民出路与野生动物保护的最好途径。近年来，阿尔金山国家级自然保护区管理处协助若羌县，逐步拆除保护区内的 14 万亩草场围栏，为野生动物让出活动和觅食空间。

我想，这是阿尔金保卫战。幸亏，阿尔金和守护阿尔金的人早早就想到了这些。

敖伦布拉格：蒙古高原凝固的风水音符

在内蒙古高原渐次隆起的海拔阶梯上，在阿拉善中央戈壁区的北缘，阴山余脉起伏的山峦如同横空出世的苍狼，把蛮荒所聚集的野性与血气，像暴雨一样泼洒在这块土地上。在月光皎洁的夜晚，我们能感觉到乌兰布和沙漠区的风吹拂着生灵的气息。那些草，那些树木，那些牛羊、骆驼的气息，扑打在我们身上。

那飘过的浓浓的碱腥味，是它的呼吸吗？

在进入它的行程中，夜幕笼罩四野，我们看不清它的真面目，就像看不清星光触摸着的一团团柳树的绿荫。那些蔓延的青草，自南向北跨越了盆地、平原、高原，在戈壁和沙漠上踯躅前行。气温由南向北递降，由酷热、闷热而清凉。

这就是阿拉善，蒙语意为“野骏马”地方。

在内蒙古自治区的最西部，巴丹吉林、腾格里、乌兰布和三大沙漠缠绕着它78万平方千米的身躯。牧人的帐篷、牛羊，农区的田野、稼穑在海拔800米至1000米的广袤大地上“漂浮”着，牧歌的曲调使它们越来越生动。这匹自由快乐的“野骏马”，突然踏开辽阔的地平线，在铺开无垠的自然景致之后，又把壮怀激烈的精神情愫注入我们的心胸。

我们扑向了这片热情的土地，扑向了此行目的地——敖伦布拉格。

尽管敖伦布拉格在蒙语中意为“泉水最多的地方”，但四面戈壁和沙漠的干燥仍然如潮水般涌来，人们想象中的“风吹草低见牛羊”的景致早已疏离。万千溪流纵横、无垠草原铺陈的秀色，在弥漫的风尘中错失了敖伦布拉格。敖伦布拉格只能以自己的方式造就体格和性格。

敖伦布拉格是内蒙古阿拉善左旗的一个小镇，位于旗东北部。几天以来，我们目睹和体验了河套平原的壮阔，乌兰布和沙漠的奇幻，阿拉善草原的豪爽，阴山余脉的神秘。沙漠、沼湖、丘陵、戈壁滩、平原，敖伦布拉格为我们一一展现。蒙古高原凝固的风水音符，为我们吹奏了它暗藏于心底的乐章，走着走着，我们就踩在了它的弦上。

敖伦布拉格，被我们铭记的同时，也深深地镌刻于世界地理的纪念碑上：

2005 年，以阿拉善的巴丹吉林沙漠、腾格里沙漠、乌兰布和沙漠、额济纳胡杨林和敖伦布拉格峡谷等为主体自然景观，由国土资源部批准，成为中国第一个以风力作用为主的沙漠国家地质公园，也是世界上唯一的一处沙漠地质公园。

其中，敖伦布拉格所拥有的数十条精美绝伦的大峡谷，蔓延于戈壁沙漠的稠密的旱生植物，星星点点的帐篷、牛羊、骆驼、骏马，神奇的岩画、泉水，原始、苍茫的景观，徐徐展开了一幅天外秘境图。

狼山

尽管如此，阿拉善的敖伦布拉格，仍然保持了超乎寻常的静默。静默中，它的锋芒收敛于每一处峭壁和断崖，匍匐于沙丘、泉水、草棵之下，仿佛轻轻的呼吸就能触发它们。我想，这大概就是敖伦布拉格，就是敖伦布拉格的眼神和性格。

敖伦布拉格峡谷的前世今生——阴山与狼山

是什么产生了敖伦布拉格峡谷这样的旷世奇迹呢?

在敖伦布拉格，抬头仰望或者低头沉思，都被笼罩在狼山的阴影之中。狼山是阴山的余脉，地理形态的实物突然就会转化为“天似穹庐，笼盖四野”的人文情愫。而我们真正解读了这座庞大山脉的地理元素之后，却发现它们波澜起伏的沟壑里，已经渗透了一个民族奔波、迁徙、奋斗的足迹。

如果把狼山比作一个庞大的身躯，那么敖伦布拉格峡谷则是它身躯上的一条枝干。近百万年以来，狼山一直处于上升状态，尽管速度很缓慢，但分布在狼山上的条条峡谷仍在不断形成。峡谷形成的速度与地表流水的流量和流速有直接关系。这里季节性的强降水特征，加速了流水对峡谷的侵蚀下切，使其越来越壮美。

敖伦布拉格峡谷原本在黄河岸边。约距今十万年前，黄河依狼山而过。由于坐落于蒙古高原的狼山在新近纪以来不断缓慢整体抬升，促使黄河河道不断向东移动，如今黄河主河道已远离狼山几十公里。随着时间的推移和狼山的缓慢隆升，黄河离狼山的距离会越来越远，河套平原的面积将不断扩大，而敖伦布拉格峡谷将会以它更加壮美的面貌呈现在你面前。也许，它会完全改变现在的模样，变得更加深邃、粗犷。

阴山山脉是我国境内的一条东西向的重要山脉，蒙语称“达兰喀喇”，意思是“七十个黑山头”。它东起河北省的桦山，西止于内蒙古巴彦淖尔市和阿拉善盟，东西长1200千米，南北宽50千米—100千米，山脉平均海拔高度为1500米—2300米。南坡陡峻，北坡平缓，是黄河流域北部的天然界限，也是河套地区北部的重要屏障。远古时期，它是农耕区和游牧区的天然分界线。自然地理中，它是草原与荒漠草原的分界线。

狼山是阴山山脉的最后一条余脉，犹如一道屏障，阻挡着阿拉善高原的腾格里、乌兰布和、巴丹吉林等沙漠向黄河流域腹地的侵袭。站在山脚下仰视狼山，它面目狰狞，就像一匹随时冲扑的恶狼，使敖伦布拉格的天空和大地充满了恣意的雄性。狼山是高原与平原的过渡带，沙漠戈壁与绿色田畴交相辉映，这是在世界上其他任何地方都难以见到的独特景象。

蒙古高原的阶梯上，狼山的胸怀里环抱了数十条大峡谷，每条峡谷的长度和宽度不等，敖伦布拉格峡谷就是这数十条峡谷中最具有代表性的峡谷之一。

蒙古高原凝固的风和水，飘逸的音与乐

敖伦布拉格峡谷面向东部的黄河，有一种焦灼的顾盼和皓首的等待。那些绿色的风和丰润的水远去了，把狼山和敖伦布拉格搁置于荒芜的前沿。

从地理上看，狼山正是气候的分水岭，西部为蒙古高原，干旱少雨；东部

西部梦幻峡谷

则是河套平原，年降水量要比西部大一倍之多。雨水多集中在夏天，为季节性降水。

沿着狼山东坡，峡谷是在几十平方千米范围内平行分布的。每条峡谷长约3千米—5千米，深度为20米—30米。由于受到构造裂隙的控制，峡谷蜿蜒曲折，突兀嵯峨的岩石突然有了婀娜多姿的柔美。又因岩性物质成分颗粒的粗细及岩石固结程度的不同，使得峡谷宽窄不等，最窄处仅容一人通过。对形成峡谷的地层，至今仍没有确切的说法和认识，但断层沉积物的成岩时代不会早于恐龙时代的侏罗纪和白垩纪。这些地层由于沉积时气候干旱且变化规律，流水对地层切割之后也就造成了今天“赤壁”的效果和景观。

由于岩石成分不同，每当夕阳西下或初升的太阳照耀在峡谷的谷壁上，那种景观便梦幻而离奇，当你在峡谷中行走，会觉得此景只有天上有，人在此中如仙伴。在这样的峡谷里，人的胸怀与巨大的山体同样广阔。只要你展开想象的翅膀，就能在敖伦布拉格飞翔。

敖伦布拉格峡谷是中国西部最大的峡谷群，在阿拉善沙漠地质公园的土地上熠熠生辉，人们将这些峡谷称为“西部梦幻峡谷”。

峡谷到底是怎么形成的？有人认为属“丹霞地貌”,有人认为是“雅丹地貌”，上述两种观点和认识都不能确切地说明大峡谷形成的原因。丹霞地貌的命名地在我国广东的丹霞山，它以顶部平坦、坡度陡峻、颜色赤红为特征，是地面流水侵蚀的产物；而雅丹地貌是发育在我国内蒙古、新疆地区，由于强烈的风力地质作用吹蚀出来的峡谷地貌景观。敖伦布拉格峡谷显然与上述两种地貌形态特征有明显的不同，它是季节性流水在松软的岩石上逐渐刻蚀和冲刷形成的，峡谷顶部的岩石同时受风力作用的影响，有少量的蘑菇石、石龛等风蚀景观。

从空中俯瞰敖伦布拉格峡谷群，犹如巨龙沿狼山奔腾而下，直奔黄河与河套平原，更增添了峡谷壮观的气势。由此可见，敖伦布拉格峡谷群是大自然与地质营力的长期作用和岩石或地层中的流水侵蚀而形成的。根据测算，敖伦布拉格峡谷的形成时间是最近 10 万年的事情。10 万年在地质历史的长河中是极其短暂的一瞬，如果把地球形成以来 46 亿年的历史比作一年，那么，敖伦布拉格峡谷则形成于这一年的 12 月 31 日 23 点。

生命的图腾：人根峰、母门洞

敖伦布拉格峡谷不仅把自然的精妙表现得淋漓尽致，而且对人类不屈不挠的生存繁衍做了大胆的阐释。在敖伦布拉格峡谷的避风处，有一处奇特的自然风景，这个酷似男性生殖器的地质遗迹，牧人将其称之为“人根峰”。

从山下到山坡，在通往“人根峰”的必经之路上，布满了大大小小的石头堆。这不是简单的石头堆，而是祭祀祈福用的敖包，敖包在蒙语中就是“堆”的意思，汉语称“闹包”，藏语称“玛尼堆”。在茫茫的大草原上，没有指路的标识，没有明确的分界线，人们就垒石堆作为路标或界标，这就是敖包最初的来历。后来，敖包渐渐成为人们心灵的圣地。每个人走过来，丢下一块石头，一块石头就是一个心愿，人们虔诚的心常常匍匐于敖包之下，宏大的祭祀也由此展开。

祭敖包分为四种：血祭、火祭、酒祭、玉祭。由于血祭过于残忍，玉祭过于贵重，已经不采用了，牧民便把鲜奶、奶油、奶酒洒在敖包前，祈求平安幸福，这叫酒祭。蒙古族认为火是最洁净的，用火可以驱邪除恶，所以他们会在敖包前燃烧一堆树枝或牛粪，各户人家走近火边，供上祭品，并把肉食、奶食象征性地投入火中，火烧得越旺越好，这叫火祭。

祭敖包是蒙古族最热闹且有普遍性的祭祀活动，每年农历五月十三举行。人们把敖包装饰一新，穿上新衣服，带着树枝和哈达，在喇嘛的诵经声中，行

人根峰

三拜九叩的大礼，祈祷草原风调雨顺，牛羊肥壮，人畜平安。再绕敖包顺时针转三圈，把贡品摆上。也就是这个时候，四面八方的敖伦不拉格人就汇集到了“人根峰”下。人身体的每一个部分都能从自然界中找到，就像牧人所歌唱的那样：“人是大地的娇子，大地是人的父亲母亲。”

“人根峰”下的敖包，是蒙古人爱护自然、崇拜生命的见证。生命的图腾，引导着生命的延续和强壮。

“人根峰”犹如一根擎天柱，在蓝天与白云的映衬下伟岸挺拔。我们对“人根峰”做了认真的测量，其高约 28.5 米，基部直径约 8 米，上部直径约 4 米。站在远处用高倍望远镜观望，几条呈青灰色的血管隐现在肉红色中，“柱状海绵体”经络分明，若隐若现。

“人根峰”到底是如何形成的呢？细细分辨，它是一根红色砾岩石柱，岩层内部在复杂多变的构造运动过程中发育多组垂直节理，经过长期的风蚀作用，岩块沿多组垂直节理发生崩塌，逐渐形成孤立的砾岩柱，后期逐渐圆化而形成了现在的景观。

母门洞

“人根峰”是顽强的，它在如此恶劣的自然环境中能够保存下来，不能不说是一个奇迹。“人根峰”也是脆弱的，由于沙砾岩本身的成岩作用不强，容易风化，而且石柱所在山体的基岩也非常不稳定，石柱本身已经有 5°—7° 的倾斜，由于斜坡的地质作用复杂，流水、重力、滑坡等因素的影响，可能随时发生倒塌。尽管“人根峰”在人们的心目中是圣洁的、至高无上的，但它毕竟是自然的产物，随着岁月的积累，自然力使它形成，也会使它消失。

无独有偶，敖伦布拉格峡谷还有一处胜迹——“母门洞”。它酷似女性生殖器官，洞内常年湿润，岩石节理形象逼真，似乎是一个母亲张开骨盆，等待新生命的出世。“人根峰”与“母门洞”一阴一阳，使敖伦布拉格这块神奇的土地鼓荡着强烈的生命气息。

敖伦布拉格：水的渴望

在山脉的拱卫下，在戈壁和沙漠的包围中，敖伦布拉格就像嗷嗷待哺的婴孩，盼望着母亲的乳汁。在坚硬干燥的峡谷中，有一滴滴的山泉渗漏出来，弥漫的荒凉在这一滴滴山泉的映照下，一步步退却。

阿拉善地区年降水量不足200毫米，蒸发量却高达1000毫米以上。降雨量与蒸发量有如此大的反差，峡谷中为什么还有很多泉水呢？这就得从地质方面说起。组成狼山的岩石和地层主要为两类，山脊部分为太古代片麻状花岗岩，是一个隔水层。而在斜坡上分布的是白垩—新近纪的砾岩、粉砂岩。岩石中含有大量的孔隙，是良好的透水层。这些透水层犹如一块厚厚的、巨大的海绵体，将大气降水和地面的流水吸附并储藏其中，因此，敖伦布拉格的每条峡谷中都有泉水出露。泉水清澈甘甜，是放牧人和羊群维持生命的根源。

无限的荒凉和干旱中，敖伦布拉格的泉水滋润了亘古的岁月，滋润了生活在这里的每一个牧民的精神世界。在梦幻峡谷东侧，有一处闻名草原的“神水洞”，人称“阿日仙”，这是一个由水流冲刷和风蚀形成的岩洞，高约三米，宽约两米。洞口向阳避风，成拱形的洞顶中心有一形似漏斗的水口，神水就像银线一样经久不息地流淌着。之所以神奇，是因为在其周围几平方千米找不到任何地表水，唯独此处泉水清醇甘洌。

牧人们用星光、月光、阳光和梦想，编织了“神水洞”的传说，口口相传。

说是很早以前的一天傍晚，一位喇嘛来到一户牧民家里要求歇脚，主人爽快地答应了。主人将喇嘛领进一间简陋的石屋，端上来一盘手扒肉和半碗浑浊的奶茶。主人解释说这里连年干旱，水井干枯，这半碗奶茶是家中仅有的。喇嘛听后心情沉重，再也无心进食。次日，喇嘛临走时告诉主人：“这里无数的泉眼被一只千年老鳖精霸占着，后来有条白龙奋力赶走老鳖，用身体护住了所有的泉眼。可是白龙被狡猾的老鳖设计压在了山下，如果能让白龙睁开一只眼，它就会把甘甜的泉水赐给人们。我年事已高，只能把这峰儿驼（公驼）留下，它会帮助你们的。”

神水洞

此后主人细心照料儿驼，从千里之外挑来水喂养它，可它似乎不领情，不吃不喝，十分烦躁。几天后，它挣脱缰绳，奔向野外的驼群，很快便成了当地驼群的首领。一天，它带着所有的骆驼来到哈鲁乃山的一条峡谷，跪在一处岩壁前轮番舔了起来。坚硬的岩石磨破了骆驼的舌头，人们上前驱赶，它们都不肯离去，还是一直舔着那些岩石。

九十九天后，骆驼终于

舔破了九十九层石壁，形成了一个数米深的洞穴。就在这时，奇迹出现了：一串晶莹的水珠滴流而下……饥渴的人们奔走相告，纷纷涌向洞内取水。喝上这凉爽的甘泉，人们顿时神清气爽，并将这里称之为“阿日仙神水洞”。

我们走进“神水洞”，泉水的嘀嗒之声清晰可闻。洞内岩壁上挂满了哈达，塞满了纸币和食物。听说此水可治病，所以每年都有人千里迢迢前来祭拜、饮用。

阿拉善地区有“中国驼乡”之称，是我国双峰驼的主要分布区。阿拉善驼分为沙漠型驼和戈壁型驼两种。驼毛年产量占畜种全国总产量的 1/2 以上，美称“王府驼毛”。在敖伦布拉格，不仅双峰驼的数量众多，还有着在漫长的历史岁月中形成的独具地域特色的骆驼文化与传说。

骆驼是荒漠中勇武的战士，敖伦布拉格峡谷的崖壁上，有它们不朽的形象。敖伦布拉格峡谷百米的山崖上有一块巨石凹凸的部分，酷似一峰骆驼昂首奋蹄前进，仿佛马上就要从崖壁上走下来一样。据说，这峰骆驼是敖伦布拉格气候的晴雨表，随着大漠气候的变幻，它的形象有所不同：冬季骆驼体壮，毛色丰满；夏季体瘦，绒毛褪尽。如果骆驼通体颜色深黑，那就是要下雨了。山崖上有一座小房子，名曰儿驼庙。据说当地牧民家的骆驼如果没有生育能力，牵到儿驼庙下祭拜完神灵后便会受孕。

关于儿驼庙，还有一段悲凉的传说。有一个叫劳门庆布的云游高人来到敖伦布拉格，走进一户人家，看见一对夫妇正围着一个婴儿哭泣，便上前询问。主人说：“这里有只妖怪，为了长生不老，专吃三个月大的婴儿。妖怪法力高强，人们都曾竭力反抗，但都没能保住自己的孩子。”听了主人的诉说，劳门庆布安慰道：“你们不要伤心，让我来收拾它。”不一会儿，妖怪果然来了，正要将魔爪伸过来时，突然惊叫一声，落荒而逃。劳门庆布看见门口卧着一峰儿驼，便飞身骑上追逐妖怪。经过一番激烈的追逐，妖怪逃到了一处山崖的洞穴中，

敖伦布拉格的骆驼

儿驼也已经大汗淋漓，气喘吁吁，乱石磨破了蹄掌，鲜血直流。劳门庆布奋力扔出了自己的法器，封闭了山门，以后再也没有妖怪出现。后来，人们为了纪念勇于捉妖的劳门庆布和儿驼，便在此处建起了这座寺庙，蒙语称“布勒庙”，又叫儿驼庙。

在敖伦布拉格，人们珍视那一点一滴的泉水，更珍视那些保护和涵养泉水的旱生植物，被当地牧人亲切地称为“观音柳”和“菩萨柳”的红柳就是其中的一种。

红柳是高原上最常见的一种植物，沙丘下的红柳根扎得很深，最深、最长的有 30 多米。春天，红柳发出鹅黄的嫩芽，接着会长出一片片绿叶。高寒的自然气候使高原人很容易患风湿病，红柳春天的嫩枝和绿叶是治疗这种顽症的良药。

在敖伦不拉格以西 30 多公里的戈壁荒漠上，生长着上万亩的梭梭林。梭梭是典型的沙生和超旱生植物，植株较高大，一般可长到 3 米—6 米，最高的可达 10 米。生长慢、树龄长，十年以内的幼树树身瘦高；十年至二十年的中年树枝叶下垂，呈圆球形；二十五年左右的成年树树冠稀疏，逐渐枯萎；三十年以上的老树开始衰亡。梭梭的寿命一般可达五六十年甚至一百年，是荒漠植物中的“寿星”。

梭梭的身影点缀在荒芜的戈壁上。有的正值生长期，嫩绿的叶片显示出生命的活力；有的长出棕褐色的枝条，傲然面对酷暑和骄阳；有的主干粗大，早已枯死，久经风吹日晒，树枝煞白，如同风化的骨头。梭梭对于生命的珍惜，可以说是争分夺秒。沙生植物研究所的一位研究人员告诉我们，一棵梭梭，在春回大地之时充分吸收融化的雪水，迅速发芽、生长、开花；夏日炎炎之际开始休眠，最大限度地储存养料和水分；秋天来临之后，不断发育子房，留下生命的种子；到了寒风瑟瑟的冬季，则进入漫长的冬眠，周而复始，与严酷的生存环境抗争，在广阔的荒漠地带筑起了绿色的屏障。“梭梭滩上望亭亭，铁干铜柯一片青”，才子纪晓岚的诗句，也许最能表达我们对梭梭的敬意。

生活在梭梭林中的巴根那老人，放养着几十匹骆驼和几百只羊，骆驼觅食梭梭枝上细小的叶片，抑制了梭梭水分的上扬，促使梭梭的根部和枝干发育。

红柳

同时，骆驼穿行于梭梭林，踩塌无数鼠洞，使危害梭梭林的老鼠四散而逃，一些惊慌的老鼠甚至被骆驼踩死。在这里，骆驼和梭梭林，形成了良性的生物链。巴根那老人对自己生活的土地充满了热情，他说梭梭林是敖伦布拉格的衣服，没有了衣服的敖伦布拉格是丑陋的。

在敖伦布拉格的荒野上，红柳和梭梭相间生长，“潜水旱生”的白刺匍匐于地，呈灰白色，高 30 厘米—50 厘米。寄生于梭梭根下的苁蓉、白刺根下的锁阳，更是敖伦布拉格的珍宝。

锁阳为肉质寄生草木，高 10 厘米—100 厘米。茎圆柱状，暗红色，无叶绿素。锁阳的肉质茎可食用，是一种补益中药和强体上品。苁蓉又被称作“肉苁蓉”，多年生寄生草本植物，主要寄生在梭梭根部，高 10 厘米—45 厘米。阿拉善是肉苁蓉的主要产地，其性微温，味甘，具有补肾壮阳、补益精血的作用，被冠以“沙漠人参”的美称。

荒漠植物

还有成片的芦苇、苦豆、冬青，在敖伦布拉格的戈壁、沙漠、盐碱地上生长着。渠道、沟壑和水洼间，苦豆子的生命力最旺盛。它是多年生草本植物，地上部分春天长出、开花、结籽，冬天枯死。除用种子繁殖外，还会由根茎各节的地下芽发生数条新根，经多年繁殖后，可大面积或连片丛生。现在，野生的苦豆子成了敖伦布拉格人发财致富的好帮手。

在我看来，这里最美丽的地方应该是水域面积 1.1 万多亩的乌兰素海湖了。乌兰素海湖系古代河道变迁形成的牛轭湖，属天然淡水湖泊。湖面宽广，湖水幽深，放眼望去，视野极其开阔。每年夏天，湖清水深，碧波荡漾，蒲苇丰茂，鸟飞鱼跃。我们驻足乌兰素海湖边，清风徐来，水雾缥缈，如果此刻举行一场马头琴的合奏，那悠长而奔放的曲调，一定会把这一湖碧绿的水洒向敖伦布拉格荒芜的戈壁沙漠，使那里成为绿色的草原。

一阵野鸭子的叫声把我们从沉思中唤了回来，不是身临其境，谁能想到这会是敖伦布拉格呢！

奇迹与巧合——图案阿拉善

深入敖伦布拉格峡谷群中的珠和峡谷约两公里，峡谷底部中心位置有一块高约 2 米的红色沙砾岩，上面可以清晰地看到既像图案又像文字的鲜明痕迹。对照蒙文“阿拉善”的字样，才发现岩石上的白色沙砾“血管”构成的字画栩栩如生，不多一划，不少一点，就是蒙文的“阿拉善”三个字符。是巧合还是岁月的机缘，不得而知。它行云流水，书写潇洒飘逸，却让人们坚信：阿拉善，敖伦布拉格峡谷，是时光留下的千古绝笔，是自然创造的壮丽画卷。

象形文字“阿拉善”是怎样形成的呢？由于砂岩中所含矿物成分不同，加之经过长期的风蚀、水蚀作用，矿物成分逐渐氧化，那些渗透于岩石表面的暗红色，渐渐形成了蒙文“阿拉善”的线条。

牧人们的理解与地理知识无关，他们执拗地认为，这是自然神灵对阿拉善、对敖伦布拉格的护佑。他们说，很久以前的一个夏天，一场罕见的大风席卷了黄河东岸的鄂托克全境。烟尘滚滚，遮天蔽日，地面飞沙走石，人畜难行，整个大地微微颤动，人们被突出其来的灾难吓得目瞪口呆。

一天一夜后，一切终于恢复了平静，可一个牧民发现，自己家不远处出现了一块巨大的红色岩石。人们好奇地前来观看，看见没什么特别，也就渐渐淡忘了。

过了几年，牧民发现石头好像自己在移动，离他家越来越远，他便暗中观察。直到这年祭祀时，他才把这一切告诉了一位道行颇深的喇嘛。半信半疑的喇嘛找到那块石头仔细观看，告诉主人："这块石头看似平常，却有灵性，人们不可在此拉撒，不可拴牲口，日后会给人们带来福音。"

从此，每天早晚，这个牧民都要向神石敬上一碗鲜奶，并点燃一捧阿日查（一种香草）。不久，他发现鲜奶和香草像印在石头上面一样，越擦拭越鲜亮，最后竟熠熠生辉，光亮之中还浮现出了蒙文"阿拉善"。

于是，雨水来了，泉水流到了更加干旱的地方，敖伦布拉格水草茂盛、牛羊遍野。后来，这个牧民不小心把一碗奶渣碰翻在了石头上，突然一股泉水冲起石头，石头眨眼间就不见了。

牧人

没有了神石，草原被沙子淹没了，泉水被沙子淹没了，敖

羊圈

伦布拉格的荒芜向四处蔓延，牧人们找啊找啊，终于在敖伦布拉格峡谷找到了神石，敖伦布拉格峡谷流出的泉水，又使大地恢复了生机。

据地质考古专家考证，阿拉善戈壁奇石原岩是由 1 亿年前火山爆发喷射出的岩浆冷却后形成的，又经过长期的风吹雨淋，最终诞生了大量奇形怪状的石头，而且这些石头大都属于未成熟型玛瑙类奇石，天工独塑，大璞不雕，造型万千，气象独具。敖伦布拉格宾馆收藏着一方“中国地图”玛瑙石，乍一看完全是真实模拟中国地图的沙盘，加之玛瑙富有光泽，整方石头看上去富丽堂皇、珠光宝气，标价 9600 万元人民币，可谓天价奇石。听宾馆的服务员说，敖伦布拉格还有一块被藏石界称道的玛瑙石，名曰“关公背大刀”，关公的形象惟妙惟肖，如同雕塑，但又比雕塑多了一份自然的神韵。可惜这块奇石在 2008 年除夕之夜被人盗走了，直到今天仍然下落不明。

先民的身影——阴山岩画

对于敖伦布拉格来说，先民的生活印记已经被风沙抹平了。而在山谷峭壁，它们深情的目光却从来没有停止对这片土地的注视。敖伦布拉格也因为那些生动目光的注视而被世界注视。

在敖伦布拉格大峡谷，当我们发现高而陡峭的岩壁上那些清晰的面容，他们忘情地舞蹈，紧张地狩猎，一下子把我们拉进了时空隧道，我们也仿佛瞬间成了他们中间的一员。这就是岩画和岩画的感染力，我们不由自主地被那种强烈的原始氛围所笼罩。

当地的牧人说，2008 年年底，这里发现了大量的岩画，总计近 300 幅。当我们一步步走近它的时候，那些崖壁上的浅摩崖形象迅速复活了：羚羊似乎在安静地吃草；骑射者紧张地盯着猎物。在一块较大的岩面上，有一幅完整的骏马奔驰图，八匹马前踢奋起，鬃毛临风，扑面而来的冲击力使人躲闪不及，当地人称之为“八骏图”……这些朴拙的图画，把我们拽入了敖伦布拉格远古的岁月。

然而，这仅仅是阴山岩画的冰山一角。

阴山山脉是狼山的主脉。在古代，狼山一带生活着匈奴、鲜卑、乌桓、敕勒、突厥、回鹘、党项、契丹、女真、蒙古等北方游牧民族，他们共同创造了灿烂的古代文化。在狼山上，分布有数以万计的岩画，考古学上把这些岩画统称为“阴山岩画”，它们是这些游牧民族敲凿、磨刻在岩石上的各种图画，具有非常鲜明而独特的民族风格和艺术特色。

阴山岩画是在公元5世纪时，被北魏地理学家郦道元发现的。他在著名的《水经注》中作了详细的记载，这些记载是世界上对阴山岩画最早的记录。然而在其后的若干世纪里，再没有人问津。直到 20 世纪 30 年代末，中瑞西北科学考察团才又发现了几幅岩画。

对岩画的全面考察是从 1976 年开始的。此后，每年都有许多专家、学者和游人到阿拉善、巴彦淖尔境内考察和参观，先后共发现岩画 1 万多幅，其中做过拍照和临摹的岩画有近千幅。这些岩画不仅反映了阴山地区古代居民的信仰、美学观和世界观，同时也揭示了他们的游牧生活状况。

阴山岩画分布非常广泛，主要刻于坚硬的基岩面上，题材和分布地点有一定的规律性：野生动物图像大多出现在山巅岩石上；狩猎场面一般在山腰和山顶；神灵头像和天体星象几乎全部磨刻在山沟的垂直立壁或沟边坡岸的巨石上。这些规律与作画时的社会生活环境、人们的认识水平不无关系。

阴山岩画艺术特色生动，并具有浓厚的生活气息。它们多以写实为基础，记录了人类童年及各个历史阶段的社会生活。题材来源于自然，来源于社会，来源于生活，再现作者亲身所处的自然环境。在构思、技巧和表现力等诸多方面，均显示出作者敏锐的观察力、超凡的想象力、朴实健康的美学观和惊人的艺术才华。阴山岩画并不是对自然原封不动的照搬，作者往往把从生活中捕捉来的画面形象给予想象性的加工，把表现对象简化到不能再简化的程度，又不失本质的特点，因而作品非常生动、形象。许多运动物动感强烈，或引颈长嘶，或回首短鸣，或缓步慢行，或四蹄腾跃，有的彼此含怒欲斗，有的相互亲昵。作者为了强调某一事物，运用夸张、对比和衬托的手法，如人与动物、动物与动物间斗争的图画，往往在构图和比例上突出胜利者的形象，营造了“赢者为王，败者为寇”的现实社会，产生了强烈的艺术效果。

敖伦布拉格，我们从平原的青纱帐走向你，从草原的一座座帐篷走向你，我们追逐着你的海拔扬起的高度，在一条条深邃的峡谷，抚摩蒙古高原凝固的风和水，我们想象，它是鲜活的，一定是鲜活的。

喀拉库勒湖：新疆最高的天湖

在我接近喀拉库勒湖的那一刻，脑子里突然出现了亨利·梭罗的《瓦尔登湖》。我想，我已经找到了可以接纳自己的一个湖，甚至是可以清洗人类灵魂的湖。

就像亨利·梭罗描写的那样，喀拉库勒湖风光秀丽，但并不雄奇，不足称道。偶尔一去之人、没有隐居湖畔的人未必能领略到它的魅力。但这个湖以深邃和清澈而驰名远近，值得大书特书。这是一个清亮、深碧的湖。这是一个远离嘈杂和喧嚣的湖。

在亨利·梭罗看来，所有的湖泊起码有两种颜色：一种是远眺而现的，另一种是近观而见的，它更接近本色。第一种根据风云变幻，借助天光而成。在晴朗的夏天，从略微远处望去，特别是在波涛起伏之时，呈现一片蔚蓝；但从极远处望去，湖泊呈现一片蓝灰；在风暴之下，则显露一片蓝黑。颜色变化与天气无关，它们可能今天是蔚蓝的，明天是深绿的。

当白雪覆盖大地，水和冰几乎都呈现绿草的颜色。瓦尔登湖更为出奇，甚至站在同一点上，湖水也忽蓝忽绿。俯仰于天地之间，它同时具备了两种颜色。从山顶看去，它呈现蓝天的色彩；走近湖边，看到岸边细沙浅水处，水泛着黄澄澄的水波；再远一点，湖水呈现淡绿，愈远色泽愈深，最后水波荡漾呈现一色的黛绿。但有时在阳光的映衬下，近岸的湖水呈现一片鲜嫩的碧绿。

就像亨利·梭罗描写的那样，喀拉库勒湖“乃纯水之本色，无论它是流水，还是冰晶”。波光粼粼的湖水与我的视野接触时，迅速倒灌入我的身体，凝视成为融合，人与湖，一样的透明与碧蓝。甚至那些山峦、雪峰也涌入人的胸怀，有一种难以抑制的舒畅和爽朗。

喀拉库勒湖坐落在距离喀什200公里的帕米尔高原上。喀什、帕米尔，这些新疆地理文化中最耀眼的名字，与喀拉库勒湖联系在一起，充满了神秘。

在喀什城外，有一条季节河，人们说，那是从喀拉库勒湖流淌而来的。河水很浅，一河的阳光晃动着，水面上波光粼粼。这似乎是喀拉库勒湖传递给我们的信息，亦是喀什古老根脉的若隐若现。

如果要在中国的城市中寻找一个最具文化传统和地理坐标意义的城市，只有一个，那就是喀什。

喀什一带古称疏勒、任汝、疏附，包括古代的疏勒、蒲犁、莎车、依耐、乌禾宅、西夜等。秦末汉初，这些地方属于匈奴的僮仆都尉管辖。汉武帝元狩四年（前119），张骞出使西域，抵达疏勒，这里开始为汉朝所控制。公元前60年，汉朝在新疆设置西域都护府，喀什作为西域的一部分，正式列入汉朝版图。唐太宗以后设立的安西四镇之一的喀什噶尔就是喀什，集军政权利于一身，扼守着中国的西大门。

英国人吴芳思所著的《丝绸之路2000年》是这样描述喀什的：在羊群、健壮的小马群、有时是骆驼群扬起的尘土中，或者在古老城镇的狭窄街道上，他们制作壶、锅、马鞍之类的马具和传统乐器，摆满羊肉串、手抓饭的小摊。根据牧民们的部分衣着，仍能将他们区分开来：维吾尔族人戴着绣花的黑绒小帽，维吾尔族妇女穿着带有条纹、颜色有些暗淡的扎染的丝绸做的衣服；吉尔吉斯男人戴着卷沿、有时还镶有白边的黑色帽子，穿着长及膝盖的灯芯绒大衣，上面饰有汉族商人卖给他们做被子用的、印有粉红色大朵玫瑰图案的丝绸或者红色棉布做的条纹。

如此多的民族、服饰、宗教和语言混杂在喀什的市场上，竟一直持续了几千年。

喀什是“喀什噶尔”的简称，意思是“玉石汇集的地方”。中原对喀什历史的记载，源于汉代张骞出使西域三十六国的描述，其中疏勒国的首府疏勒就是今天的喀什。张骞惊异地发现疏勒城跟中原的城镇一样，车水马龙，服饰驳杂，店铺栉比，俨然一个辐辏五方的国际商埠。随着“丝绸之路”的开通，岁月的聚积，地处欧亚大陆中央的喀什也聚积了来自东西南北拓展自己生存空间的不同民族。不同的语言文字，不同的生活习惯，不同的宗教信仰，在长期生活的过程中，求同存异，体谅包容，演绎出许多新的思想和性格，渐渐形成了沟通东西、融汇古今情感的城市风格。

几十个世纪过去了，日月沧桑，世事多变，在万劫不复的天灾战祸中，塔里木河改道了，罗布泊干涸了，尼雅、楼兰、高昌古城也消弭了，但喀什这座城市却完整地保存下来，集南疆政治、经济、文化于一身，不仅成为西域的生存标志，而且成为新疆历史的活化石。

出喀什市，穿越葱茏的绿洲，帕米尔高原的群山像庞大的建筑群出现在你眼前，皑皑的雪峰使你眼前一亮。

喀什地区水系受地形地貌、地域降水影响，各河系的源头都位于冰川、山区积雪带，随着山区水分的融冻而使各河的年内枯洪变化明显。东望塔里木盆地，西倚帕米尔高原，是帕米尔的冰雪融水和喀拉库勒湖的滋养，培育了喀什的品格。

在喀什人的眼里，帕米尔是一块坐在空中的石头，是一座宏伟的石头宫殿，慕士塔格雪峰则是它头顶上的皇冠。石头的呼吸、冰与雪的呼吸，是慕士塔格云雾缭绕的万千气象。从喀什绿洲望去，一座白雪皑皑的峰峦傲然高耸，隐现在云雾缭绕中，沐浴在朗朗晴空下。盛开的帕米尔花，八个花瓣正好象征了帕米尔的八个“帕”。八个兄弟围向金色的花蕊，环绕于仁慈的“冰山之父”膝下。所谓的“八帕”，还要从帕米尔人文地理的历史演变说起。帕米尔，古称不周山。到了汉代，帕米尔有了一个新名字——葱岭，因多野葱或山崖葱翠而得名。到了唐代，这里又出现了一个新名字——帕米尔。到了清代，帕米尔之名已完全取代了历代使用的其他名称，并按照自然地理状况，将帕米尔分为“八帕”，由北向南依次为：和什库珠克帕米尔、萨雷兹帕米尔、郎库里帕米尔、阿尔楚尔帕米尔、大帕米尔、小帕米尔、塔克敦巴什帕米尔、瓦罕帕米尔。

就像塔吉克族谚语所说的那样：人的肚脐在肚皮上，世界的肚脐在帕米尔。在我的想象中，喀拉库勒湖肯定是世界肚脐上的八个花瓣、八颗璀璨的珍珠。

沉浸在喀什的异样风情中，行进在通往喀拉库勒湖的路上，向导说，沿着河流就能找到喀拉库勒湖。向导还说，喀什是拴在喀拉库勒湖根上的果子。

离喀拉库勒湖还有一段距离，慕士塔格峰银色的雪冠已经清晰可辨了。本来我们就是直奔慕士塔格峰而来的，与喀拉库勒湖的相遇纯粹是个意外。现在想起来，喀拉库勒湖是慕士塔格峰的一面镜子，有了喀拉库勒湖，慕士塔格峰才有光韵兼备的神情。那么，对于一个远道而来的朝圣者来说，疲惫的心灵匍匐于一片纯洁的湖水，也是自然而然的事了。

慕士塔格峰，海拔 7509 米，位于东经 75.1° ，北纬 38.5° ，在新疆阿克陶县与塔什库尔干的交界线上，属西昆仑山脉，与公格尔峰、公格尔九别峰并称东帕米尔高原三高峰。山峰西边坡势平缓，北边和东边却十分险峻。该峰山体浑圆，状似馒头，常年积雪，雪线约海拔 5200 米。慕士塔格峰有大大小小16 条冰川，其中最大的栖力冰川和克麻土勒冰川将山体横切为两半，冰川末端海拔 4300 米。“冰山之父”是斯文・赫定对它的命名。但它更准确的翻译应是“冰山神父”。在塔吉克族人的神话中，慕士塔格是一座神山，它的最高层叫费尔代维西，是一座长满奇花异草的天堂，人间的花朵最早就是从那里采撷而来的。

所有的一切，似乎都是一个铺垫，就像我们指认巨大地质地理背景中的喀拉库勒湖，需要崎岖颠簸的行程。当明镜般的湖泊映衬着一望无际的冰川白云，湖畔草甸飞扬着牧歌声声……高山湖泊显示了干旱区的另类景观：温柔的秀色。

初步规划统计显示，新疆高山湖泊的总面积超过 4600 平方千米，其中喀纳斯湖约占 45%。以海拔排列， 4 个高山湖泊从高到低依次为：喀拉库勒湖 3360 米，天山天池 1910 米，喀纳斯湖 1370 米，赛里木湖 1080 米。这是一个相对的数据，在新疆的崇山峻岭中，高山湖泊的分布远不止如此。

越是高山阻隔，越是道路崎岖，越有夺人魂魄的景致，越是神话的摇篮。我们的柯尔克孜族牧人向导在面对慕士塔格峰的时候，总是用自己的方式，惟妙惟肖、不慌不忙地说下去，就像一个老巫师。

相传很早以前，帕米尔高原上并没有慕士塔格、公格尔、公格尔九别峰和姊妹湖，而是平坦的大牧场，牧场上住着一对柯尔克孜族夫妇。贤淑的妻子为老牧人生下一对美丽的小女儿之后就离开了人世。老牧人含辛茹苦，精心照料着心爱的女儿。这一对小姐妹聪明伶俐，却瘦弱多病，老牧人为此坐卧不宁。一天夜里，老牧人突然做了一个梦，梦见一个神人告诉他，东方日出处有一座日月仙山，山上有一块日月宝镜，只要取到这块宝镜，让女儿照一照就会百病俱除，身体健康。为了治好两个女儿的病，第二天，老牧人就告别了女儿，向日出的方向走去。老牧人走后，两个女儿每天都放牧着羊群，望着东方的小路，盼望着父亲归来。不知过了多久，两个女儿头发变白了，眼泪哭干了，变成了两座大山，这就是姊妹峰。那山顶的皑皑白雪，是她们的白发；那山腰的条条冰川，是她们的道道泪水；那一座座小雪峰，是她们牧放的绵羊。老牧人历尽艰险，终于取回了日月宝镜，当他看到一双心爱的女儿变成了雪山时，捧在手里的宝镜一下掉在地上，摔成了两半，变成了两泓湖水，这就是姊妹湖。老人静静地站在女儿面前，也变成了一座雪山，这就是被称为“冰山之父”的慕士塔格峰。

现在，在我们的心目中，慕士塔格峰已经是一个慈祥的老人了。事实上，在渺无人迹的荒野草甸，把一座高大的山峰想象成一个老人，是一件愉快的事。终年积雪的慕士塔格峰，那种静穆与纯洁、原始与高贵感染了我们。同时，柯尔克孜族牧人的传说故事，使我对慕士塔格峰的敬仰又变得亲切和熟稔。如果我是一个柯尔克孜族牧人，长久地生活于慕士塔格峰之下，我也相信，他讲的这一切都是真的。当人面对宏大与魁伟的自然物象，要么悲哀，要么让他成为自己的神灵，成为冥想的路径和理由。

而此刻，我们不忘“老人”的两个风姿绰约的女儿，不忘那一面一摔两半的宝镜子——喀拉库勒湖。

在阿克陶县布伦口乡苏巴什的中巴公路旁，两泓相连的湖泊真切地呈现在我们的眼前，纯洁的大片云朵和冰峰倒影湖中，惊心动魄的美扑面而来。这可能就是喀拉库勒湖勒了，这绝对就是喀拉库勒湖，我在心里这么肯定着。果然，向导说，这就是著名的喀拉库勒湖，又叫姊妹湖。它悬在慕士塔格峰的脖颈，那无垠的冰川和雪，是它的源泉。

有人说，喀拉库勒湖是黑水湖，因为“喀拉”在柯尔克孜等民族语言中有“黑”的意思；也有人说，喀拉库勒湖意为“伟大的湖”，因为“喀拉”在柯尔克孜等民族语言中又有“伟大”的意思；又有人称喀拉库勒湖为姊妹湖，因两湖相连，像一对手拉手的孪生姊妹。正是因为她的存在，塔里木河才有了滔滔的流水，喀什噶尔绿洲才有了生机勃勃的生命。人们赐她伟大的桂冠，自然是当之无愧的。“大地的乳汁，生命的源泉。纯洁的湖，伟大的湖。”这些评价丝毫不过分。

晋代高僧法显和北魏时期的高僧宋云称其为“毒龙池”，是谓湖中有毒龙作怪。唐代高僧玄奘取经从此路过时，称这里为有巨蛟出没的“大龙池”。他们都记录过喀拉库勒湖的黑。

我看到的喀拉库勒湖是澄澈碧蓝的。更令人称绝的是，“冰山之父”慕士塔格峰和“冰山公主”公格尔峰、公格尔九别峰洁白晶莹的倒影以不同的身姿、体态伫立湖中，更加增添了喀拉库勒湖的魅力和神采。坐在草地上，清风徐来，水波不兴，天光水色与人的心境融为一体，开阔而又舒畅。

其实，与新疆其他的高山湖泊一样，喀拉库勒湖是由古冰碛堵塞而形成的冰川湖，冰川的溶蚀水，在漫长的沉淀和过滤之中保留了原始的澄澈。

柯尔克孜族牧人告诉我们，每当乌云遮天、电闪雷鸣时，湖水顷刻就会变得墨黑一片，成为名副其实的黑水湖。而每天早晨或傍晚，喀拉库勒湖又是朝霞和夕阳的梳妆镜，宁静的湖面像是神奇的调色盘，绚烂润泽的光彩与湖水一色，随着天气变幻，时而湛蓝，时而淡黄，时而橘红，给人以置身仙境的感觉。因此，有人说喀拉库勒湖是一个变色湖，神秘的湖水不时变幻着它的颜色，令人迷茫。

这与复杂的地质地理环境有关。喀拉库勒湖身处慕士塔格峰、公格尔峰、公格尔九别峰的怀抱之中，帕米尔巨大的山结所暗藏的神秘天象与物候，多多少少会影响到它。因此，无论是“黑湖”之谜，还是变色湖之谜，都是地质、地理环境的产物。就像布伦库勒湖，与喀拉库勒湖相距不过十多公里，但喀拉库勒湖面无任何水禽，除了湖畔的牧草外，湖中绝无生命。大自然是如何创造了这两个截然不同的湖泊？

高原的夜晚，万籁俱寂。一轮明月在云片中穿行，月色柔和而淡雅，为高原的山、高原的水涂抹了一层淡淡的乳白的粼光。夜风吹拂，轻柔凉爽，我知道，是滑过湖面的那些风吹到了我的脸上。我想，这是喀拉库勒湖的问候。这时候最适合冥想，冥想喀拉库勒湖畔柯尔克孜族牧人的生活。

喀拉库勒湖畔，是一望无际的高山牧场，随着海拔的增高，牧草的密度逐渐稀疏。喀拉库勒湖近处的草场，繁花似锦，绿草如茵。一片片羊群像天上的白云，在牧草间拂动。除了羊群，这里还有耐寒的骆驼和牦牛。宽阔的草地上，头戴小花帽的柯尔克孜族牧羊少女穿梭在牛羊之中，仿佛镶嵌在喀拉库勒湖畔、慕士塔格峰下的水彩画，明快、活泼、艳丽。暮归时刻，牧人们赶着牛羊和骆驼涌向喀拉库勒湖，羊群的咩叫，牦牛和骆驼的嘶鸣，使沉静的喀拉库勒湖立刻喧嚣起来。草原上的牧羊人，在最孤独的时候会用歌声来打发时光、驱赶寂寞。他们唱的是民间柔巴依，其古老的曲调来自遥远的波斯。有一首牧羊歌是这样唱的：

啃吃青草和鲜花吧／让你们全身舒畅吧／警惕四周的危险吧／转身回头奔跑吧／喂，喂，喂！

狼虫虎豹是猛兽／你们时时要警惕／愿你们身上多长肉／愿你们乳汁不断流／喂，喂，喂！

他们与牲畜的交流是如此抒情和率真。

终年随水草转移进行游动放牧是一种粗放的草原畜牧业经营方式。牧民长期无固定住所，过着逐水草而居的生活，生产设备相当简陋，经营非常粗放，基本处于靠天养草和靠天养畜的落后状态。

“高高的冰山上，彩云纷纷扬扬，那是大神小神，在天上行走”。在原始的地域，自然力是某种异己的、神秘的、超越一切的东西。所有文明的民族发展到某一个阶段，都会用人格化的方法来同化自然力，正是这种人格化的欲望，创造了许多神。柯尔克孜族人创造的“神”和“神殿”——西王母和她所居住的瑶池算是其中的经典。相传在遥远的古代，昆仑山下生活着一支原始部落。当时是母系氏族社会，所以，这个部落的首领叫“西王母”，是一个头脑灵活、思维敏捷、容貌出众的女性。她穿着雪豹裘皮缝制的衣服，戴着用雪鸡翎编织的帽子，显得十分雍容华贵。这位部落酋长就住在喀拉库勒湖畔。成书于春秋战国时期的《穆天子传》一书，详细记载了穆天子西巡的路线、行程及沿途的各种活动，其中周穆王会西王母于瑶池之上的故事十分详细、有趣，而西王母的瑶池就在阿克陶的苏巴什。这里是群山聚首之地，是天山和昆仑山及塔里木盆地的结合部，是西王母之邦的政治、经济中心。这里的瑶池是西王母之邦的遥遥万里疆域中，自然风光最优美的宝地，是西王母会集西域各部落首领议事和会见尊贵宾客的地方，神话、小说中各路神仙会聚瑶池的西天盛会或蟠桃会，即是由此演绎而来。

高山湖泊因其海拔高峻、重山阻隔、自然景观的幽远神圣而成为“神”的摇篮，这些“神”组成了高山湖泊地区独有的现实文化，它们与生活中的饮食一样必不可少，是族群或民族的精神旗帜的标高。

从南到北，从东到西，在海拔高度的梯次排列中，新疆的高山湖泊，展示了干旱区冰川、雪原、高山、河流、湖泊、森林、草原、湿地等山地综合自然景观以及浓郁独特的游牧民族风情。其自然景观和民族文化的多样性、独特性，形成了天人合一的美学意境，称得上是反映世界干旱区山地美学价值的突出例证。

在走遍了新疆的四大高山湖泊之后，我们发现，最遥远、最僻静的喀拉库勒湖所孕育的品质，凝结了所有高山湖泊的精髓：冰川雪峰雄姿美、河流湖泊形态美、高山草甸色彩美、天象景观动态美、游牧民族风情美。

喀拉库勒湖，把高山雪峰融入自己的胸怀，又以绚丽多姿、变幻莫测、明丽锦绣的自然风光，陶冶人“神灵”一般的情操，直到它涓涓涌出，滋润了整个喀什绿洲，它的全部形态才算完整起来。我是这样理解喀拉库勒湖的，也是这样理解新疆所有的高山湖泊的。站在无与伦比的海拔高点上，人是这个湖的一部分。

从巴丹吉林到贺兰山下

——内蒙古、宁夏岩画考察记

一直想象着阿拉善高原的模样。在无垠的巴丹吉林，这样的高原，应该是一匹骆驼，或者是一匹桀骜不驯的骏马。果不其然，在走进阿拉善的那一刻，我就被这片土地征服了：从甘肃山丹的北部戈壁横穿入巴丹吉林沙漠，不到一个小时的车程，阿拉善右旗就到了。阿拉善人把一匹英雄的马铸立在自己的门扉，活灵活现的样子，仿佛刚刚远征归来。

在我的概念中，巴丹吉林沙漠是一头恶魔，携裹着无限的黄沙，扑向草原和绿洲，春天的绿色和秋天的收获，一瞬间就被淹没了。但真正到了沙漠，巴丹吉林却是另外一种祥和、大气的景致：夕阳西下，沙的金黄与霞光的色彩合二为一，寂静的沙漠如同注入了生命，涌动着汹涌澎湃的激情，像是千杯万盏的马奶酒，像是热情似火的阿拉善人。

这不，还没有来得及洗刷一路的风尘，范荣南就来了。这个地地道道的巴丹吉林人，在阿拉善生活了五十多年，岁月的风霜在他的脸上留下了深褐色的标记，憨厚朴实的性格，使他秉承了阿拉善这块土地的深情。他担任阿拉善右旗文物局长以来，以保护境内的岩画资源为己任，做了大量的工作。

在我看来，范荣南是一个沉默寡言的人，但一说起岩画，他的话匣子似乎一下子就打开了，仿佛奔腾倾泻的瀑布。

范荣南告诉我们，阿拉善高原上有一条形状奇特的山脉，山上黑石嶙峋，

曼德拉山岩画区

岩脉蜿蜒，周围巨大的岩石皆成圆形，酷似陨石分布，一条崎岖的小路不见尽头，这便是曼德拉山。蒙语“曼德拉”是汉语“升起来”的意思。

第二天一大早，我们就从阿拉善右旗乘车前往曼德拉山。曼德拉山位于内蒙古阿拉善盟阿拉善右旗孟根苏木境内，距离苏木所在地西南 14 公里，但从县城到曼德拉山却要 200 多公里。一路上，范荣南如数家珍，把曼德拉山的情况一股脑儿地讲给了我们：曼德拉山最著名的是岩画。东西 3 公里、南北 6 公里的山地上，发现了 4234 幅岩画。这些岩画以历史久远、雕刻精湛、图案逼真、古朴粗犷的特点，被誉为“原始美术的活化石”，名列亚洲第一，世界第二。说起这些的时候，范荣南一脸自豪，因为他就是这些岩画的“管家”。

这些岩画是羌、月氏、匈奴、鲜卑、回纥、党项、蒙古等北方少数民族制作，是古代游牧民族生活、精神的写照。岩画的造型技法有凿刻、磨刻和线刻。画面内容为狩猎、放牧、战斗、神佛、日月星辰、寺庙建筑、舞蹈、竞技以及游乐等。

岩画形象生动地记录了远古及近代阿拉善地区的经济文化、社会生活的形态、自然环境风貌。其题材之广泛、内容之丰富、堪称我国西北古代艺术的画廊。

曼德拉山岩画经历了千百年风霜的洗礼保存至今，为我们了解古代游牧民族的生活提供了依据，可古人雕琢岩画的时间还一直不能确定。有关专家认为，岩画的创作时间为远古到明清的各个历史期，跨度约有 6000 年。

曼德拉山是范荣南的珍爱。尽管凛冽的山风像刀割一样吹在他的脸上，崎岖的山路考验着他的双腿，但那大山中的立壁、岩盘、巨石、悬崖上，无数的岩画如同他前世的亲人，等待着他去安慰。曼德拉山默默无闻了几万年，只有山羊、盘羊的足迹在这里徘徊、游荡，连牧人都很少在这里驻足。太荒凉了，太寂寞了。范荣南和他的伙伴们就是在这样的条件下，让整个曼德拉山的岩画得以面世，并得到有效的保护。

我们沿着整修好的栈道，一步步登上陡峭的山峰。当我们与那一幅幅精妙

岩画：村落

绝伦的岩画相遇时,所有的疲惫都烟消云散了。尤其是那幅名为《村落》的岩画,由石头敲凿而成,刻画了一个由18顶帐篷组成的村落。各帐篷之间都点缀了人形,身着长裙,双手合十拱于胸前,作恭立状。左上方的人最为高大,系女性,五官粗备,特意刻画了乳房。大帐篷是村落的中心建筑,其右侧有4排帐篷,共计10顶。大帐篷左侧有2排7顶帐篷,有5个人形和似犬的动物。这幅岩画再现了原始氏族部落村落的布局、帐篷的构筑形式,是母系氏族部落的繁衍生息图或氏族部落谱系图。

还有一幅名为《骑者与草原鹰》的岩画,画面中有10个骑马者,2个骑骆驼者,其中一个骑骆驼者手中托着一只草原鹰。整个画面动感十足,栩栩如生,一下子就把人带入了生龙活虎的狩猎场景之中。

曼德拉山的岩画精品实在是太多了,不胜枚举。范荣南滔滔不绝的讲述,我们也只能消化十分之一。走过了,看过了,仍觉得不过瘾,总觉得山的一隅,有更多的岩画隐藏着,等待着人们去发现。

从阿拉善右旗到左旗,我们穿越了一大片荒芜的戈壁,从巴丹吉林沙漠的边缘,抵达了游牧者的绿洲。昔日的草原、河流、帐篷成为今日的现代之城,绵绵的细雨格外温柔,格外舒适,使我们内心充满了敬意。

阿拉善有着6000年悠久的历史文化,在这片热土上,到处都留下了阿拉善人民辛勤劳作、生活的足迹。闻名世界的张骞出使、苏武牧羊、王维吟诗的故事就发生在这里,而居延汉简、黑城文书、定远营、塔王府更是见证了阿拉善和硕特与额济纳土尔扈特两个部落追逐梦想、争取民族解放的历史进程。

巴彦浩特是阿拉善右旗和阿拉善盟的所在地,盟政协副主席王秋才多才多艺,年轻时曾是出色的诗人,后来从政,也是书不离身,保持着文化人的本色。他对阿拉善的一切非常熟稔,对阿拉善的人民充满了热爱。他说,阿拉善人淳朴、厚道,自己生活在这里真是三生有幸。

曼德拉山岩画

他带我们参观了阿拉善博物馆。阿拉善博物馆珍藏有历史、民族、宗教、石刻、岩画等文物6000余件，包括青铜器、铁器、陶器、瓷器、玉器、石雕、石刻、古钱币、丝绣染织、书画、官服、少数民族工艺品及少数民族衣食住行、娱乐、医药等文物。重要的藏品有东汉石刻、明三钮梵纹铜镜、清錾花“公侯万代”铜盆、清錾花人物故事纹铜盒、清錾花双耳紫铜奶桶、清錾花紫铜托壶、元代至元通行宝钞、元代正版《文献通考》等等。在历史展厅，展有石器时代及东汉、宋、元、明、清的600多件历史文物。其中，元代纸币、居延汉简、西夏文书、定远营石刻、雕龙札萨克王爷椅等文物属于国家一级文物。畅游在阿拉善的旧日时光，目睹辉煌灿烂的阿拉善民族文化瑰宝，我们仿佛穿越时空，回到了遥远的峥嵘岁月之中，成为阿拉善高原的一分子。

定远营，又名定远城，是原阿拉善额鲁特王爷府所在地，因此也叫王爷府，后改名巴彦浩特，汉语意为“富饶的城”。相传西汉名将班超因出使西域、畅通丝绸之路，曾在此驻扎，后来在西域活动达三十年之久，通西域有功，被封为定远侯。巴彦浩特又因环境优美，被誉为西北草原上的“世外桃源”，更因城内外建筑多仿京城，于是有了“沙漠北平”“塞外小北京”的美誉。在外国旅行者的眼里，因定远营的房屋建筑多为青瓦白墙，还被赋予“沙漠中的白宫”之称。

走进定远城，雄伟的城墙，古色古香的建筑，把阿拉善的民族特色体现得一览无余。随着向导的指引，定远城的历史也一一呈现在我们的眼前：定远营始建于清康熙三十六年（1697），历九代十王营造。坐北朝南，占地约25万平方米，四合院式布局，设计独特，建筑精巧、宏伟，兼具蒙古族、汉族建筑艺术风格。原有衙门、宅院、庙宇、花园等。西院现存府门、大殿及东、西配殿等，东院存王爷眷属住所。东北部尚有民国时期建造的一栋中西结合式房屋。定远营古城是内蒙古西部最具传统特色、保存历史文化遗产最为集中、文物资源最为丰富的古城。为进一步保护和弘扬历史文化遗产、推动旅游文化产业发展，2010年，阿拉善左旗对定远营古城进行了大规模修复。目前，古城内的各项基础设施已基本完善，成为一个独具历史文化特色的旅游景点。

目前，定远营古城内已形成了定远营东府商业街、古城墙文化长廊，并聚集了100多家从事民族手工地毯、驼骨雕刻、仿古家具、奇石古玩销售的商家，还创建了统一规范的、有300多个营业摊位的奇石一条街。

阿拉善有不少传奇，最奇的是石头。王秋才主席带领我们在奇石城观瞻阿拉善奇石盛况，令人眼花缭乱的奇石，让我们真正领略了中国奇石城的魅力。

这里有远古形成的火成岩、变质岩、花岗岩和石灰岩，以及含化石的石炭纪地层、海绵骨针化石和大片含笔石化石的浅变质碎屑岩系。极富观赏价值的玛瑙、碧玉和独具“形”“色”的风砺奇石、集骨石、千层石、硅化木、水晶石等，石质坚硬，姿态怪异，不可多得。特别是宝石级的玛瑙石，质如刚玉，色像霞光，润似水晶，灿若珍珠，类如繁星。芙蓉玛瑙、鸡血玛瑙、蛋黄玛瑙、缠丝玛瑙、紫晶玛瑙等等数不胜数。最为珍贵的葡萄玛瑙流珠挂玉，硕果累累，犹如晶莹的葡萄，摘而不忍，令人叹而叫绝。

据地质考古专家考证，数亿年前，阿拉善是真正的大海。距今800万—1亿年前，海底火山爆发，地壳剧烈运动，喷射而出的岩浆冷却成了阿拉善戈壁奇石的原岩。经过长期的地质变迁和沙漠腹地强烈的日晒风蚀等自然作用，最终形成了千奇百怪、绚丽多彩的戈壁奇石。

“阿拉善”是贺兰山的音转，贺兰山之名源于匈奴族贺兰部在此住牧，阿拉善因贺兰山而得名。说起贺兰山，不能不想起《满江红》，正是岳飞这阕激愤词中的“踏破贺兰山阙”的名句，使贺兰山笼罩了一层神秘的色彩，也使天下人都知道了这座名山。从此，“贺兰山”这个亦真亦幻的名字，和无数悲怆的意象联系在一起。

从巴彦浩特出发，平展的高速公路穿越贺兰山。远远望去，贺兰山巍峨起伏，雄伟壮观，在塞上骄阳的照射下，山峰连绵，雾岚袅袅，似一道蔚蓝色的屏风，横亘在银川平原的尽头。细看其山形，更像一匹矫健的骏马，在塞上扬鬃奋蹄，跃势欲飞。自古黄河富银川，高速公路两侧，田畴碧绿，林木繁盛，好一幅塞上江南的图画。

贺兰山一带自古以来就活跃着诸多彪悍强势的民族，羌戎、月氏、匈奴、鲜卑、铁勒、突厥、党项你方唱罢我方登场，岁月的烟尘淹没了无数可歌可泣的往事，贺兰山岩画就是这些民族不朽的杰作。我们驱车前往贺兰口，去观赏那些石头上的历史风情。

贺兰口距银川城50余公里，海拔1448米，山势高峻。山口景色幽雅，奇峰叠嶂，潺潺泉水从沟内流出，约有千余幅个体图形的岩画分布在沟谷两侧绵延600多米的山岩石壁上。画面艺术造型粗犷浑厚，构图朴实，姿态自然，写实性较强。以人首像为主的岩画占总数的一半以上，其次为牛、马、驴、鹿、鸟、

贺兰口岩画

狼等动物图形。人首像画面简单、奇异，有的人首长着犄角，有的插着羽毛，有的戴尖形或圆顶帽，有的大耳高鼻、满脸生毛，有的口衔骨头，有的面部有条形纹或弧形纹。表现女性的岩画，有的戴着头饰，有的挽着发髻，风姿秀逸，再现了几千年前的妇女对美的追求。还有几幅岩画，人物的面部五官似一个站立的人形，双臂弯曲，两腿叉开，腰佩长刀，表现了图腾巫觋的造型形象。动物图形构图粗犷，形象生动，栩栩如生。有奔跑的鹿，有双角突出的岩羊，有飞驰的骏马，有摇尾巴的狗，有飞鸟的图形和猛兽的形象。还有部分人的手和太阳的画面，以及原始宗教活动的场面。

根据岩画图形和西夏刻记分析，贺兰口岩画是不同时期刻制的，大部分是春秋战国时期的北方游牧民族所为，也有其他朝代和西夏时期的画像。刻制方法有凿刻和磨制两种。凿刻痕迹清晰，较浅；磨制法是先凿后磨，线条较粗深，凹槽光洁。贺兰口岩画的题材、内容与表现手法都十分广泛，富有想象力，给人一种真实、亲切、肃穆和纯真的感受。众多岩画为我们了解和研究古代游牧民族的历史、文化、经济状况、风土人情提供了极为珍贵的文物资料，堪称珍贵的民族艺术画廊。

在贺兰山，银川世界岩画博物馆值得一看。它是中国唯一的岩画专题博物馆，于2008年11月26日在宁夏贺兰山岩画的荟萃地——贺兰口岩画景区建成开馆。主体工程建筑面积4106平方米，展区面积为2000多平方米。岩画馆分为“世界岩画展厅”“中国岩画展厅”“贺兰山岩画展厅”“原始艺术展厅”“专题展厅”5个展厅，精选世界各地具有代表性的岩画图录、拓片、实物以及同时代的原始艺术展品546件，集中展示了全世界30个国家、200多个岩画点的精品内容。

在贺兰口岩画景区，我们看到村落、地形地貌和野生动物都保留了原始的风貌，岩画与自然环境融为一体。走进景区，自然古朴之风扑面而来，人在岩画区，如同进入了真正的古代社会，在这一点上，景区的设计和建设是独到的，有很强的示范性。

我沿着一条木板搭建的栈道一路前行，古老粗壮的柳树、淙淙的溪流、高悬的瀑布，使宁静的山谷显得格外雄浑。在这条曲径通幽的小路上，不时有岩画分布，或是在崖壁，或是在山麓，或是在山体的一块岩石上。这些画栩栩如生，线条遒劲，让人目不暇接。既有小桥流水的精致，又有高山大河的壮阔，置身其中，的确是一种享受。

从巴丹吉林到贺兰山下，我们经历了一次难忘的文化之旅。沙漠、戈壁、山脉、碱滩，一幅幅岩画，一处处文化遗迹，像是逝去的先祖在召唤我们，启发我们，我们深深地感觉到：一个民族的奋斗，一个民族生生不息的精神之源，都存留在那一块石头上，存留在大地的深处。我们没有必要埋怨，更没有必要悲伤，未来的道路需要我们自己去开拓。

黑河：荒漠中的绿洲画卷

祁连山的中部，有一条险峻的峡谷。这里童山濯濯，岩黑如墨，寸草不生，壁立千仞，谷底流急浪卷，山上峋石叠累，就连傲视天穹的苍鹰也惊悚不已，滚落峡谷而不能过，故名“鹰落峡”。

就是这个鹰落峡，收集了万川之水，成就了一条声名赫赫的河流——黑河，造就了古丝绸之路上“张中国之掖”的富邑之地——张掖。

在我的心目中，黑河是一个博大的体系，它从高大的山系蓬勃而出，流戈壁、过盐泽、穿凹地，收纳万川之水，神奇地点化了荒芜的沙漠。广阔的区域内，绿洲勃起，葱翠的光泽就像熠熠生辉的宝石。

黑河是一条内陆河，发源于祁连山的八宝山，依次汇聚了山丹河、梨园河、摆浪河、讨赖河之水，穿鹰落峡、平原堡、临泽、高台，跨镇夷峡进入金塔县境内，过营盘又注入居延海，总长度800多公里。

黑河流入金塔县的天仓之后，折向西北茫茫的戈壁，不息的波涛直指内蒙古额济纳旗。这一段河流，就是历史上赫赫有名的弱水。《尚书·禹贡》中，有“导弱水至于合黎，余波入于流沙”的记载，更多的时候，弱水的概念，已经囊括了黑河的全部流域。

几年之中，我一直沿着黑河行走，激动的心情时时被它的川流不息所覆盖，只能随波逐流，在它的每个角落，体验一条河流所延伸的多姿多彩的自然风光

黑河

和生活习俗。

“金张掖”宛若江南的明艳自不必说，它在中原文明与西域文化的结合部，所敞开的博大胸怀非典籍可历数，它丰富的内容，自当是一部可圈可点的大书。

我的目光只能窥视其中的九牛一毛。这九牛一毛中，张掖，金光灿灿地浮现出来。悠远的岁月中，它波光粼粼，漾动着自然的灵秀，而搁浅于戈壁大漠的残垣断壁，也同样闪烁着历史的睿智，述说着一方水土逝去的荣光。

作为张掖绿洲上的最大河流、我国第二大内陆河，黑河是从远古一路风尘地走来的。资料记载，黑河汉时为羌谷水，晋时为卢水，后改称黑水。魏郦道元《水经注》有“而黑水始附禹贡之迹”的记载。其后也有“甘州河”“金川”的美称。“无黑河就无张掖”“黑河汪洋澎湃，曲折数州县皆成膏腴”，清人撰写的《甘州府志》中，此类记述比比皆是。黑河平时水流清澈，遇洪水下泄，夹带大量泥沙，水流则呈黑褐色，故名黑河。

黑河出祁连山后流过张掖鹰落峡、高台正义峡两个标志性的峡谷，它们将黑河分为上游、中游、下游三段。中部绿洲，即河西走廊最大的绿洲带——张掖绿洲。这是一道遏制巴丹吉林沙漠南侵、保护祁连山水源涵养区的天然生态屏障，是古丝绸之路的生命保障线，是张掖绿洲文明的聚集区，也是生态最为脆弱的敏感区。

《甘州府志·黑水春融》载："黑水径城西八里铺，冬凝春泛，每至三月，农人刲羊祀龙神，则水应期涨，碧波澄鲜，分流诸堰，而妇子主伯，穰穰遍野。"犹如一幅美妙的民俗春耕田。

阳春三月，随着天气变暖，各种候鸟开始向北回迁，张掖黑河流域湿地则成为候鸟歇脚的最佳中转站。所到之处，只见河流冰雪消融，春水浩荡。天鹅白毛浮绿水，鸭子黄掌拨清波，成群白鹭起舞弄倩影，一派春光灿烂、百鸟起舞的欢腾景象。

水孕育着绿洲，孕育着不息的生命。有了黑河水，才有了张掖绿洲和额济纳绿洲，才有了古丝绸之路上的生命线。绿洲上的每一滴水都来之不易，每一个生命都依赖着黑河而生存。

透过黑河的波涛，我们看见了它的秀美，这老枝新发的秀美，就是甘肃张掖黑河湿地国家级自然保护区。张掖自古就是一个坐落在湿地上的城市，素有"半城芦苇、半城塔影""一湖春光、半湖芦花"的自然美景。无怪诗人写出了这样绝妙的佳句："不望祁连山顶雪，错将张掖认江南。"

黑河湿地国家级自然保护区正是张掖古代自然地貌的恢复和呈现。它位于黑河中游，跨甘州、临泽、高台三县区。保护区沿黑河中游干流河道分布，东自甘州区三闸镇新建村起，向西经高台县罗城乡盐池滩至黑河正义峡出界处；北自黑河正义峡出界处起，沿黑河干流北岸、山丹河河道至甘州区红沙窝国有林场；南自甘州区三闸镇东泉村起，沿黑河干流南岸，经甘州区沙井镇兴隆村、临泽大沙河至五泉国有林场，沿大沙河河道与黑河干流南岸，至肃南裕固族自治县和高台县交界处，总面积 41164.56 平方千米。保护区属自然生态系统类的“内陆湿地和水域生态系统类型”，主要保护对象为我国西北典型内陆河流湿地和水域生态系统及生物多样性；以黑鹳为代表的湿地珍禽及鸟类迁徙重要通道和栖息地；黑河中下游重要的水源涵养地和水生动植物生活环境；西北荒漠区的绿洲植被及典型的内陆河流自然景观。

据《甘州府志》记载，甘州原为“连片苇溪”的水乡之都，城内湖泊连片，水光潋滟。可见，由于有了黑河水，张掖才有了“金张掖”之美誉，成为历史上中国内地通往西域各国的咽喉要道，河西走廊上的“塞上江南”。因此，当地人民把黑河亲切地称为“母亲河”。更有唐代诗人王维作诗赞美：“居延城外猎天骄，白草连天野火烧。暮云空碛时驱马，秋日平原好射雕。”

保护区处在甘肃河西走廊中段，青藏高原和蒙新高原的过渡地带，区域狭

黑河滩涂的芦苇

长，地理位置独特，生物多样性突出，由内陆山地－荒漠－绿洲三个子系统构成复合系统，典型性和代表性明显，在西北荒漠地区非常珍贵和稀有。主体地貌为河谷平原，海拔 1200 米—1500 米，呈条带状分布。北部为戈壁平原，邻近巴丹吉林沙漠，南部为祁连山荒漠戈壁。由于地处我国鸟类迁徙三条路线的西线中段，这里也是鸟类栖息、繁殖、中转之地。

保护区内水资源较为丰富，有大小河流 7 条，湖泊、水库 16 座。保护区沿黑河分布，划入其中的土地主要是河道、河漫滩、沼泽、水泛地、湿地、水库、盐碱地、公益林、国营林场、戈壁、沙漠，其中湿地类型多样，主要有永久性河流、季节性河流、洪泛平原、永久性淡水湖、季节性淡水湖、草本沼泽、灌丛湿地、内陆盐沼等 8 个类别的天然湿地，面积 29231.54 公顷。保护区有植物 385 种，其中国家重点保护野生植物 10 种。有野生脊椎动物 209 种，其中鱼类 19 种，两栖类 2 种，爬行类 9 种，哺乳类 24 种，鸟类 155 种；国家重点保护的 I 级动物 6 种；II 级动物 22 种，黑鹳、天鹅、白琵鹭是特色种，数量较多，经常可见种群活动。有昆虫 892 种，其中有益昆虫 251 种，甘肃新记录 130 种，珍稀昆虫 11 种。

在张掖湿地国家级自然保护区，有一条木板建造的栈道弯弯曲曲地伸向浓郁的绿丛深处，栈道下面是清澈的黑河水，周围长满了茂盛的芦苇。水很浅，不过二三尺深。栈道就如一座长长的木桥浮在水面上，随着地势左折右曲，蜿蜒向前。我曾漫游其中，只见满天芦花飘飞，像是阳光的颗粒，既真实又虚幻，人都仿佛羽化成仙了。

正如《甘州赋》所言：斯地，南有祁连，群峰绵绵；北有合黎，柏柯苍苍。弱水导源冰川，润泽甘州，涵养居延，惠泽何止于桑梓！甘泉如饴，秀水遍布。蒹葭摇曳，群鹜缠绵其间；虹霓缱绻，一鸢镝鸣而上。丹霞映彩，恍如神境；油花弥望，蜂蝶流连，乐山乐水，见仁见智，斯地钟灵毓秀，塞上江南。

透过黑河的波涛，我们能够窥视它珍藏的秘密，这秘密就是它波光粼粼的过去时：我一直认为，山也是一条河流的固体形态。

焉支山，与一个民族有关，与一场战争有关，更是黑河高耸的典册。当今天的我们深入这样的山中，有的只是万籁俱寂的恬静。

黑河流域的开发史可以上溯到两千多年前。汉武帝时代，年轻的骠骑大将军霍去病两度率军西征，击败匈奴武装，打通河西走廊，开辟了中原王朝与中亚乃至欧洲贸易的“丝绸之路”，启动了农业文明向游牧文明持续渗透扩张、农牧业交错发展的历史进程。沿着先人们“开河西，通西域”的阳关道，黑河流域开始成为多民族同胞的共同家园。汉、回、藏、蒙古、裕固等民族长期在这里繁衍生息，共同创造了具有开放、整合特色的河西文化和居延文化，为中原文明西扩以及西域文化东进做出了不可磨灭的历史贡献。

而焉支山记录了这一切。

黑河流域的丹霞地貌

焉支山是山丹县一条著名的山脉，位于山丹县城东南40公里处，也叫胭脂山。胭脂，是妇女古老的化妆品之一，色红，常常涂在两颊或嘴唇上。唐代诗人李白在此留下了“虽居燕支山，不到溯雪寒”的绝句，也使焉支山名扬华夏。该山重峦叠嶂，松林密布，南北宽20公里，东西长34公里，总面积680平方千米，海拔2919米，主峰毛帽山高3978米。整个区域为葱郁茂密的原始森林所覆盖。登高望远，山上林海松涛，碧波无际；山下沟壑纵横，清泉淙淙；腹地，獐、鹿、獾、羊等野生动物出没其间；峡谷两侧崇山峭直，奇石列阵，有古寺（钟山寺）、古亭点缀于山林巅峰之中。秋日，在悬崖峭壁上盛开的山丹花红艳艳一片，争奇斗妍。晓日初升，云蒸霞蔚，丛雾缥缈，气象万千。这里日均气温20.3℃，气候凉爽湿润，景色秀丽迷人。

然而，一首流传不衰的匈奴古歌，让我们无法轻松。这首歌中唱道：“失我焉支山，使我嫁妇无颜色。”这是一个很使人费解的问题。这首古歌传达给我们的，是对美的誓死追求。那么，这样一座山，到底蕴藏着嫁妇的颜色呢，还是包含着民族的自尊呢？有这样的事实：公元前121年，汉武帝遣骠骑将军霍去病统帅骑兵万人，从临洮出发，沿河湟地区，过焉支山一千余里，大败匈奴。对于匈奴这样一个彪悍勇猛的民族，失去了焉支山的庇佑，竟悲哀到了如此境地。

还有这样的事实：在所有的正史、野史以及民间的口传中，鲜有匈奴妇女崇尚胭脂的记载；今天的焉支山，似乎也很少有可以用来化妆的植物——胭脂草。也许这是我的孤陋寡闻。嫁妇的颜色，在焉支山的风景中迷惑着我。但我绝对不会从腐烂的资料中寻找。只缘身在此山中，一切可能都会从冷静的思索中得到答案。

焉支山在游人的欢乐里沉默着。仍然是那样的美丽、大气，仍然是那样的宁静莫测。那么，山间那流响的雪水呢？山坡上那些吃草的马呢？战国至秦汉，嘚嘚的马蹄踏响西部草原的匈奴，在离别张掖的时候发出了这样的哀叹。可见，张掖在一个民族的心目中所具有的分量。

焉支山，是黑河浸润的山脉，是一座寄托了张掖先民精神追求的山峰。

张掖寻梦，隐隐有那河流的影子：黑河孵化的金张掖是丝绸之路上的商贸之都，同时也是兵家必争之地，有“半城芦苇半城塔影”的幽静，也有“烽火连天风怒号”的残酷与喧嚣。张掖的古代遗迹见证了这一切。

从另一个意义上讲，一条河流，当它奔腾千里的气息散发开来，就变成了一位宽厚慈祥的母亲，以它巨大的孕育能力，养育一代代刚烈、勇敢、顽强的儿女。

正是这样。河流经过的地方，形成巨大而广阔的冲积扇，潮湿的气息中，草根出露，种子渐渐发芽，一块土地，渐渐具备了养育人的力量，而人在这块土地上生活得久了，便有了一条河流的精神气质。

一个城市的古迹，就是一条河流，就是一群人的纪念碑。

文明的遗迹是黑河波光粼粼的印记，即使一条河流断流了，只要遗迹还在，那条河流的影子就会定格在历史的记忆中。

与黑河有关的还有那个谜一样的黑水国：在张掖，追溯黑河文明，首先想到的肯定是黑水国遗址。

黑水国是个谜，黑水国遗址更是个谜。在谜一样的黑水国遗址中，现代人所能感受的，只是悲凉与破败。

黑水国遗址位于张掖市城区西北 15 公里处的明永乡下崖村，312 国道北 1.5 公里处，有南北城之分。

走下国道，能看见废弃的砖瓦窑和沙丘，而在沙丘中耸立的残墙断壁，就是黑水国北城遗址了。该城呈长方形，南北宽 228 米，东西长 254 米，面积 59912 平方米。城垣黄土夯筑，夯土层厚 14 厘米—20 厘米，残高 5.5 米，基宽 3.8

黑水国复原场景

米，顶宽 3 米。南垣正中有一门，门宽 5.4 米。城垣西南角筑有底宽 9 米、残高 7 米的覆斗形角墩，部分城垣被风沙掩埋。在一座高大的沙丘上，我们翘首四望，竟有一片片树林拱卫沙丘边缘，亦有些壮观。北城遗址基本上看不出城垣的迹象，有戈壁和沙丘，有断断续续的城墙。我们在一片低洼地带点燃了篝火，夕阳西下，彩霞满天，夕阳与篝火相映衬，那情形真像是回到了古代的烽火战场。

关于黑水国古城历史属性的考证，至今仍是个谜。相传古黑水国曾是一个富庶的地方，一天黄昏，城里来了一位白发老人，老人挑了一筐枣、一筐梨，大声叫卖“枣梨”，人们不知道“枣梨”之意是敦促大家“早离”。当夜狂风大作，沙没古城，只有一人领会了老人之意，逃过一劫。传说归传说，目前学术界的共识是：黑水国为汉代张掖郡址。

黑水国与黑水有关，与这川流不息的黑河有关。繁华不再，时光依旧，它的沧桑巨变是不是预示着一条河流的未来呢？

美与怀旧，并不是一条河流的全部，它也有自己无法言说的伤痛。从历史上看，在干旱缺水地区，一个大的湖泊的衰亡通常伴随着沉重的生态灾难，远有随罗布泊的游移而湮灭的楼兰文明，近有随青土湖的消失而不断退化的民勤绿洲，应为前车之覆，后车之鉴。

“黑河如带向西来，河上边城自汉开。山近四时常见雪，地寒终岁不闻雷。牦牛互市番氓出，宛马临关汉使回。东望玉京将万里，云霄何处是蓬莱？”这是出自于明代作家郭登《甘州即事》中的黑河。想想这诗中的美景，想想祁连山峰上的冰川，如果没有了黑河的滋润，张掖绿洲就要枯萎。

在张掖当地，无数的民间故事和传说，寄托了人们对黑河的崇拜和敬仰。

说是在很久很久以前，黑河是一条害河，越来越多的水殃及了人的生存。当时有一个帝王叫尧，他下达死命令，派出了一位叫大禹的人，前来治理泛滥的洪水。大禹受命后，便率若干兵将前来河西查看。不看不知道，一看不得了，河西已成了一片汪洋大海。大禹便提出了不少治理方案，数十年如一日地与洪水作战。他亲自调兵遣将，昼夜守候在水边。为了把滔滔洪水聚集在一起，引入当时的“西海”，也就是现在的居延海中去，他想出了一个办法，就是在汪洋的南边和北边各建一座大坝，这样便可形成一条河流，牵住洪水的魔头，让它听从指挥。经过多年的奋战，大禹的愿望终于实现。自此，河西的洪水慢慢退去，裸露出了平原地带。南北两座大坝也慢慢变成了今天的祁连山和龙首山，两山之中便形成了今日的河西走廊。

还有一个传说：自幼跟随父母耕织于黑河边的何仙姑，耳闻目睹了每年夏秋黑河洪水卷走无数生灵，便立誓修桥济世。于是她从十几岁开始游说化缘于张掖城乡，经过七八年的时间，筹足了建桥的木料和粮款，历经三月，在黑河上建成一座木制板桥。

这些传说夸大了水患，但昭示了一条河流的性格。顺应自然，师法规律，它就是人类的福音，而倒行逆施，则会导致悲剧。

翻检历史，隋炀帝亲赴张掖巡视西域各国贸易情况，接受各国君王及使者朝见，举行了盛大集会，应该算是历史上有记载的最早的“世博会”。这样的情景，应该是黑河之中欢快的浪花。

张掖是丝绸之路上的商贸重镇，历朝历代都为中原王朝所倚重。隋炀帝也不例外。他刚刚继位，便致力于建立以张掖为中心的对外经贸基地，并且敏锐地意识到，要想发展张掖之商贸，必须清除吐谷浑之侵扰。

吐谷浑原是辽东鲜卑慕容部的一支，后迁至甘肃临夏，经过不断的扩展，在青海和甘肃南部立足，对隋王朝产生了巨大的威胁。公元 609 年，隋炀帝带领 40 万大军西巡河右，这次出巡的意图主要是以武力解决吐谷浑的威胁，保障丝绸之路畅通。隋炀帝沿途访风问俗，优抚耆老，于正月二十日离开东都洛阳，到十一月十三日才回到东都，西巡历时近十个月，达到了预期目的。

隋炀帝一行来到了焉支山下。西域二十七国的君主、使臣佩金玉、被锦衣，早已在这里等候他的到来。武威、张掖的民众在官府组织下，盛装打扮，骑乘周环数十里，以示中国之强盛。隋炀帝行宫张灯结彩，焚香奏乐，盛况空前。在隋炀帝与西域诸国的代表会面时，在行宫中设“鱼龙曼筵”招待各国贵宾。行宫内外，旌旗飘扬，铠甲鲜亮，宫廷乐队演奏着以龟兹乐、西凉乐为主的宫廷九部乐，高昌、龟兹、疏勒、鄯善等国的君主、使臣在相关官员的引导下依序前行，向隋炀帝献上各国的珍宝和土特产，表示归顺和友好。

所以，中国历史上，在国家统一的情况下，唯一涉足河西走廊的皇帝便是隋炀帝杨广。这个只当了 14 年皇帝，就将刚刚建立 37 年的大隋江山断送了的“暴君”，这个因急功近利、滥用民力，在历史上一直以骄奢残暴、荒淫无度而著称的皇帝，却在他 20 岁时统率 51 万大军南下，向富庶的陈朝发起进攻，结束了中国的战乱时代，重新统一了中原；是他派遣或亲率大军三伐高丽，最终实现了对辽东地区的管辖；是他创建了对后世影响深远的科举制度，为下层优秀知识分子脱颖而出创造了机遇；是他下令开挖修建了南北大运河，将钱塘江、长江、淮河、黄河、海河连接了起来；也是他做了一件前无古人的大事，那就是亲自西巡，在河西走廊的张掖召开了由西域二十七国君主、使臣、商旅参加的“万国博览会”。

那么，这个曾三游江都，喜欢江南山光水色的君王，为何放着清闲的日子不过，非要不辞辛苦地长途跋涉，来到偏僻遥远的张掖，召开一个多数人想都不敢想的“万国博览会”呢？从资料记载来看，隋炀帝之所以要开这样一个盛况空前的大会，主要原因是开通丝绸之路。为此，隋炀帝对长期到张掖贸易的胡商“啖以厚利，导使入朝”，并对到东都交易的商人一律给予优待，派专人引导他们进行交易。胡商所到之处，一律有专门的饭店设宴款待，并下令让参加贸易的中国商人在摊位上摆上酒食，直到胡商吃饱喝足为止。为方便交易，隋炀帝又下令在今伊吾、哈密修建了专供商人辗转休息的场所。这样一来，从西域到中原交易的“外商”越来越多，丝绸之路在汉末阻绝后，在隋朝重新出现了“胡商往来相继”的繁荣景象。

从这一点上说，张掖应该记住隋炀帝，历史应该记住那次西域各国使臣与隋炀帝推杯换盏的大聚会。

在绿洲和草原之间

有人把文殊口比作一个漏斗，草原的风经过这个漏洞，会有一丝丝的麦香；而绿洲上的雨水流到草原，则像一只山羊一样，调皮而奔放。

没有人知道，黑色的旋风会从这里刮过，滂沱的雨水会从这里流过。似乎约定俗成，人们骑着马，赶着羊，从雪山上下来，从草原上走来，第一眼看见的，就是文殊口。

自然地理给了它太多的神奇，比如说，它像一个漏洞；再比如说，它节制时断时流的泉水；还比如说，它求雨的仪式和仪式之后的滂沱大雨。那些时而急促、时而平缓的念念有词，会平复人内心的惶恐，像母亲抚摸孩子的头顶，使他渐渐入睡。

在甘肃河西走廊中部，在祁连山的一个豁口，许多新鲜的故事在这里发酵，成为不可多得的传奇。但走近人们的生活，却发现他们是那么平凡，就像一棵小草，没有谁发现它们亭亭玉立的姿态。

晨光像一把硕大的扫把扫过文殊山，大大小小的山峦都涂上了紫红色。敲钟人的老人步履蹒跚，在长长的台阶上艰难而缓慢地行走，第一眼看上去，所有的佛塔、寺庙都是这位老人的陪衬。老人一步一步登上台阶，如果没记错的话，那些台阶共有九百九十九级。老人逐渐把台阶甩在身后。在钟亭，老人浑身包裹了一团早霞，但他并没有停下来欣赏自己，而是一下一下认真地敲击那

文殊寺石窟

口巨大的铜钟，钟面上溅起的声波刹那间落入千沟万壑，所有的鸟儿都飞起来了，仿佛那些鸟儿就是一片钟声。或者，那些鸟儿就是从铜钟中散落各处的。

这里是文殊山下的祁丰藏族乡，一栋栋藏式居民楼在晨光的沐浴下静谧、安详。敲钟的老人是修行者，每天都坚守在自己的岗位上晨钟暮鼓，就像那些山峦，一直都在。

在牧民薛光辉的家里，夫妇俩一边吃早饭，一边商议抓羊绒的事。每年春天，天气渐渐变暖，他们就要开始抓羊绒，这是一年之中的大事，牧人家里的收入，有三分之一来自抓绒。

准确地说，薛光辉有三个家：文殊口有一套楼房，每年的冬天，他都要回到这里，过上和山外的绿洲居民一样的定居生活；春天的时候，他必须住在冬牧场的家——卯来泉堡，那里有一院平房，有一个摊场很大的羊圈。冬天，他的二百多只羊靠收割的青草喂养；春天，他就把羊赶到卯来泉四周的堡子滩草原放养；到了夏天，他就赶着羊转场，从卯来泉翻越雪山达坂，去祁连山南部的深山放牧，那里有他固定的草场，有他自己的帐篷和地窝子。

东纳藏族人的一天是从一碗香醇的酥油奶茶开始的。然而，对于牧民薛光辉夫妇来说，这样的享受是短暂的。

绿洲的定居居民和草原上的牧民都习惯把文殊山下的文殊沟叫作文殊口。这个名字很形象，本来就是一条整整齐齐的东西走向的山脉，不知道为什么，硬是在这里撕开了一个口子。放羊的人说:“那是佛爷让我们过的。”种地的人说:“那是老天爷的造化。”总之,这么一个口子,风水出出进进,草和麦子,肉和粮食,把人拉近了，把人的想法拉近了。

清晨，薛光辉夫妇俩从文殊口的定居点出发，驱车向南，用半个多小时穿过大约 15 公里长的戈壁滩，来到卯来泉的家。祁连山脚下的卯来泉堡子滩村冬季牧场的家升起了孤独的炊烟，使整个草原和古堡显得更加寂寞和空旷。

20 年前，这里曾有数百名牧民居住，卯来泉的水越来越少，堡子滩的草越来越稀，牧人们说 :“老天爷已经容不下这么多羊了，也就容不下我们这些羊屁股后面的人了。”

许多人含泪搬起热乎乎的灶台，骑着马，驼着一辈子攒下的家什，极不情愿地离开了。只有极少数牧民还留守着，薛光辉就是其中的一个。

薛光辉指着对面的山坡，那里有几个隆起的土包。他说，他爷爷的爷爷就埋在那里，他的爷爷、他的爸爸也埋在那里，他们都在那里，他也就只能留在堡子滩。

祖先把这一块草地叫“依尔”，马要走几天，要喝洪水坝河的水，喝白杨河的水，才能走出依尔。其实，依尔东西长约 96 公里，南北宽 63 公里，总面积约为 4244 平方千米。堡子滩像天上的星星,淹没在银河里。跟着老人们放牧,几头牛走丢了,一群羊没了,几家子人搭伙去找,几个人奔波几天,劳累和困乏,惊喜和收获都在依尔里。回想起来，人就像几只鸟儿，是山峦间的一个黑点。

薛光辉说，很久以前，他们的祖先以部落的形式各自驻牧于祁连山中的草地，而眼前的堡子滩则是乔家部落的领地。乔家部落下管指克、格日才、郎祥、日赛尔等措哇（藏语音译，意为部落），更远的地方，则是“珍敖儿”，它连接了青海的海北牧场、野牛沟。

草原很大，祁连山很深，人是一辈子走不出去的，鹰也不可能。所以，他们安安稳稳地生活在草原上，上天赐给他们牧草和牛羊。在他们看来，每一个春天都是新的，他们年年都在崭新的依尔，大自然给他们穿了一件新衣服，他们也给大自然穿了一件新衣服。

还是在几百年前，确切地说，是在清乾隆二十七年（1762），朝廷就给薛光辉的祖先颁发了历史文照，现在我们从史册中还能查找到文照的内容，大意是："肃州府所属东乐克（卡拉图蒙语，即东纳之意）藏族的叫作苏勒（斯日山）和托勒两个山川中，托勒川的阳山和阴山，上部和下部，从很长时间以来，由卡拉图地区的藏族占有……"

苏勒和托勒，阴山和阳山，上部和下部，上辈子和下辈子，以及薛光辉自己的一辈子，还有妻子的守望和儿子的憧憬，一切的一切，都在这里了。

春风、热风、秋风、北风，风里来，雪里去，甚至晴朗的天空，平静的草原，草丛里的风，一瞬间就吹出一片羊群。

东纳部落舒尼、东纳部落普擦、东纳部落周掌印……儿孙们像草一样，在山麓蔓延。这些人的身影，或多或少能让我们辨别他们的血统。《后汉书·西羌传》《汉书·地理志》《唐书·吐蕃传》《文献通考》及《宋史》《明史》中略有提及，从明万历四十四年（1573）所修《肃镇志》和清雍正十三年（1723）至乾隆二年（1737）《重修肃州新志》及《秦边纪略》，大量记载了他们的活动。"猃狁、山戎、羌、胡、吐蕃及南山者，越武威，历张掖，过酒泉，逾敦煌，走西域，延袤数千里，西羌部落，多居于此"，由此我们能够粗略地判定，薛光辉的祖先曾经居于东起马营河，西至疏勒河东，北起文殊寺和佘年寺，南到疏勒阳山的广大区域。也就是说，他们从七世纪以来就繁衍生息在这块土地上。他们的先民西羌、旄羌的历史比汉族在这一地区的存在还要早。

据《明史·王玺列传》一七四卷记载：明时汉人与少数民族在此“立石画界，约樵牧，毋越疆”。樵是禁止汉人到草场上打柴，牧是禁止番人到农业区放牧，各自相安无事，人们爽朗的笑声和狂放的歌曲一次次在风中回荡。

日子一天天过去，不紧不慢，但抓绒的日子要紧张一些。正是抓山羊绒的季节，羊儿咩咩咩地叫着。抓羊的时候，羊躲闪着，会有一阵一阵的混乱，这叫声，这混乱，把气氛一下子搅得像陀螺一样转了起来，弄得薛光辉的妻子也像一只陀螺。转着，转着，一天就过去了，十几天就过去了。由于没有找到其他帮工，薛光辉的妻子格桑花只好带领唯一的帮工——一个名叫艳子的外甥女一起忙活了起来。她们要在20多天的时间内完成200多只山羊的抓绒工作，这对于两个女人来说是一项十分繁重的劳动。山羊产绒的季节性很强，一般在4月份到5月份，一旦天气转暖，羊绒便会自行脱落。她们必须抓住这一段时间，把羊绒抓出来。从早到晚，她们忘记了时间，只是抬头看屋外的时候，才发现天黑了。

这是一个五彩缤纷的季节。泉水越来越多，草悄悄地冒出来，一天一个样。当天气突然间热起来，草就像一件衣服，穿在了堡子滩上。薛光辉的妻子在每一只抓过绒的羊身上抹上红的、黄的、蓝的、紫的颜色，本来是要做个记号，可她就是认真地涂着每一只羊，这样，薛光辉家的羊就成了堡子滩上的一片花儿。薛光辉的妻子逢人就说：“你看，我们家的羊都开花了。”别人看见了，觉得新奇，觉得好看，常常会称赞几句。

抛开这些在草原上撒欢的“花儿”，其实堡子滩的每一棵草根下，都埋着一段不为人所知的往事，摇曳的深草里，仿佛埋伏着一支枕戈待旦的部队。

薛光辉听老一辈牧人说过，从前他们在山里放牧，可以用草原上的草药、畜肉、羊皮等到绿洲上换一些粮食、布匹。那时候，绿洲和草原的来往还算畅通，绿洲上的手艺人，像熟皮子、缝皮袄的，都在草原上找到了活路，而牧人赶上一群羊羔子和马，也能在绿洲上卖个好价钱。也不知道是哪一年，从山里闯出一伙人，骑快马，端猎枪，在绿洲上烧杀抢掠，使草原和绿洲结下了梁子。老牧人在说这段故事的时候，总会不由自主地叹息几声："唉，怎么会这样呢？好好的，怎么会这样呢？"

的确如此。在史册上，血腥的冲突历历在目：明正德十一年（1516），苏丹满速尔亲率一万大军进犯嘉峪关，嘉峪关游击将军芮宁率 700 人在文殊口与苏丹满速儿遭遇，战斗打得异常惨烈，从早晨打到黄昏，箭射光了，就捡地上的箭或者把死难战友身上的箭拔出来再战。这次冲突中，芮宁部战殁。

苏丹满速尔是回鹘人的首领，几百年之后，回鹘人住牧于祁连山中，成为甘肃独有的少数民族——裕固族，而文殊口，也是他们融入河西走廊，融入华夏文明的重要通道。

牧人们不会活在更多的历史之中，但有时候他们会沉湎于一个季节，沉湎于自己的劳动，再具体一些，他们会沉湎于一次聚会和一瓶酒。

在家穿戴好放羊的装束，赶羊，薛光辉骑着摩托车出门了。只要他的摩托车在草原上跑起来，他的羊群就会沿着他指出的方向，走向不远处的草场，之后的整整一天或一个上午，他都会心安理得地坐在背风处的草坡下，喝酒，吃风干羊肉，这对于他来说，是一种莫大的享受。

已是四月，祁连山北麓广阔的滩地和高山草原，冬眠的衰草还没有返青，羊群在艰难地啃食着仅有的一点绿色。

在薛光辉的记忆里，原来的堡子滩水草丰茂，即使在冬天也有足够的牧草喂养牲畜。但是这些年天气越来越旱，堡子滩的草场大面积退化，每到秋冬之际，他们都要给羊买过冬的草料。

卯来泉的水也没有过去那么丰沛了。

也许是个巧合，从文殊口到堡子滩，薛光辉走过的这一段十几公里的路，他的祖先却走了几个世纪。

《秦边纪略》记载：“堡在半山，西南依山阻险，东北直达肃州。堡小地僻，多山无田，黑番伯刺宛冲族住牧，今其目曰掌印罗汉，与达赖喇嘛添巴。”堡就是卯来泉堡，建于两山之间广阔草原的南头山坡上。出文殊山口，向东南方向隐约可见山坡上有一土城，但再往前走五公里余，土城又被北面的小山挡住了视线，直到城根才能看见。而要去南山只有走小路，所有的山口很难通过大量人马。这里深藏固闭，险峻天成，为嘉峪关西北面的一个重要军事防地，和嘉峪关共守河西，防守更加严密。

这座城堡，防范的就是住牧于祁连山中的黑番。这个带有歧视意味的名称，就是薛光辉的祖先——祁连藏族。

裕固族、藏族、蒙古族、汉族，在这片草原上，在文殊口的进出中，不时有着矛盾和冲突，但更多的是交流和交汇。在这里，我们似乎感觉到有一个巨大的磁场，扩散着和平、团结、友爱的能量。

走进文殊口，仰望文殊山，这种亲和力一下子让人变得轻松、愉悦甚至如回故里，这个故里，想来想去，其实是藏在心里的，是人内心的精神家园。文殊山的前山后山，如蜂巢般的建筑，全部是石窟寺，石窟寺里供奉的全部是金刚、菩萨和佛。兵器销为日月光，金刚的刚直，菩萨的善意，佛的微笑，很快把草原上的花朵和绿洲上的收获融合在一起，创造了一个想象中的美丽世界。再仔细想想，创造这个美丽世界的，是那些孜孜以求的人，是那些千百年来坚持信念的人。

广袤的大西北，横贯千里的祁连山从乌鞘岭到玉门关，无处不在的崇山峻岭，成为河西走廊的象征。山峰上的积雪冰川，孕育了璀璨的河西走廊。在历史上，由于特殊的地理位置，河西走廊作为中国西北地区的大十字路口，东进西出，南下北上，都处于文化荟萃的核心区，中原王朝和西域众多游牧民族蜂拥而至，浴血相争。在这里横刀跃马的游牧部落，不是西迁，便是融合于其他民族。只有祁连山像是一个避风港，让许多因迁徙而疲惫的民族歇下脚来仔细回顾自己的过去，思考自己的未来。无数艰辛的岁月，瘟疫、白毛风、雪暴、干旱都没有把他们赶走，就像从前匈奴人的一首古歌谣中唱的那样：失我祁连山，使我六畜不兴旺；失我祁连山，使我嫁妇无颜色。

但祁连山之外的世界更让他们神往。

卯来泉古堡在祁连山北麓，被遗弃的古老的堡子滩村位于卯来泉堡的北侧。

卯来泉堡南面不远处有一眼清泉，水流不息，叫卯来泉，意即卯时出来的泉水。在嘉峪关的传说故事中，卯来泉是丝绸古道上游牧者的生命泉，这眼泉只在早晨五点到七点之间出水，而这正是驼队出发的时辰。更神奇的是，泉水的出水量因人数而异，人多水多，人少水少，不会浪费一滴。在过去的数百年里，卯来泉将堡子滩方圆数十里的地方滋育成一个天然的牧场，水草丰盛，牛羊成群，是休养生息、屯田狩猎、训练备战的绝佳场所。

据历史记载，生活在这里的藏族人是吐蕃西康一支的后裔，历史上称为“东乐克”部落。公元8世纪，吐蕃王朝强盛时，他们从青藏高原征战至河西走廊沙、瓜二州守边，后来由兵变民，定居在祁连山三山口、卯来泉一带，融合当地羌族，繁衍生息至今。

藏语“东纳”意为持黑缨枪者。东纳藏族自称是第三十三代藏王松赞干布戍边将士的后裔。想象当年，他们骑着乌黑的骏马，手持黑缨长枪，在风高月黑之夜冲出祁连山，嘚嘚的马蹄声传出很远很远。

当历史上战争的硝烟慢慢散去的时候，牧人们赶着羊群从祁连山走出来，时而游牧，时而定居，牧歌就在草原上舒缓地响起，载歌载舞的东纳藏族人，和其他民族一起躬耕游牧于这片高山草原。

生活在这里的汉族人，清朝以前是半农半兵，战争时防守打仗，抵御南山

文殊寺千佛洞石窟壁画

诸夷，闲暇时放牧种地。卯来泉堡附近，至今还有一片广阔的耕地。

随着历史的变迁，卯来泉堡和嘉峪关关城一道荒废，丧失了防御能力，而城堡下的子民，依然在放牧和耕种，他们似乎更关心泉水的盈亏和雨水的丰歉。

泉水似乎越来越少，雨水似乎越来越稀，这是天不留人的迹象。无奈之下，20 世纪 90 年代，堡子滩村的数百名牧民在政府的扶持下，集体搬迁到了文殊山下的牧民定居点。

这个繁衍了数百年、数代人的地方，终结于 20 世纪 90 年代。再也没有人关注，这里曾经生活过一群人；再也没有人想起，这里有过血腥的战斗。

日子还是要一天天过的。比起从前，现在的日子舒畅多了。

四月的一天，一场突如其来的飞雪，挟裹着阴冷的气流，从祁连山暗沉的天空卷过堡子滩。古堡下的村落，顿时像冰冻了一般。

这样的天气，牧人们并不觉得稀奇。大自然就像一个严厉的长者，不会总是和风细雨，也不会总是晴天霹雳，总有很多意外考验着牧人的身心。

而这个季节是草原上新生命诞生最稠密的日子，许多小羊羔呱呱坠地，无论是羊儿还是牧人，喜悦的情绪四处弥漫着，似乎恶劣的天气也是一种征兆：生命总是伴随着艰辛和苦难，就像牧人的一生。而快乐也是显而易见的。在美丽的夏季草原，人们会喝着马奶酒，吃着手抓肉，唱着歌，跳着舞。这个时候，他们只是享受生命的快乐。在他们看来，痛苦只是一种铺垫，就像在草上铺上石头，草会痛苦，高楼坐在土地上，土地会痛苦，但道路和高楼都是通向快乐的。

母亲们总是没有足够的奶水，小羊羔们的生命岌岌可危。格桑花打开早就准备好的奶粉和面糊糊，一个一个地喂养这些嗷嗷待哺的小精灵们，像照料自己的孩子一样照料着它们。接羔的日子，草原上的活力向四面八方传播着，走进堡子滩的人都觉得自己好像年轻了几岁，有些老人高兴得就像蹦蹦跳跳的小羊羔。

除此之外，冬牧场的日子是漫长的，大概有 6 个月的时间，人们都要过那种不咸不淡的生活。堡子滩静静的，远处的雪山静静的，只有羊儿们咩咩咩地叫，炉子里的火呼呼呼地叫。薛光辉和妻子格桑花守在卯来泉冬季牧场的家里，等待着春天的来临。

春天说来就来了。当小草刚刚被融雪洗出嫩嫩的尖芽，格桑花便欣喜地说道："羊的春天来了。"他们期待着能够早日迁往春季牧场。

这一天，格桑花把自己略为打扮了一下，从卯来泉堡又回到了文殊沟的祁丰藏族乡牧民定居点。如今，这里居住的很多都是堡子滩村迁来的牧民。

祁丰，意即祁连山丰盛的水草。这里也是乡政府驻地。文殊山就在乡政府的北侧。

在牧民们看来，一年中草的长势，多多少少是老天爷注定的。雨水来了，草泛青了，牧人们都要到文殊寺请经幡，格桑花也不例外，这是她每年转场前必须要做的事情。

一个民族在与自然对话的同时，也把自己敞开给了自然，同时也走进了自来来回回地走动着，那一条曲曲弯弯的小路，印满了祖先和他的脚印，一端连接着草原，一端连接着绿洲。

“天下要冲，国家藩卫”，说的就是聚居在卯来泉周围的东纳藏族部落。作为河西“民族走廊”上重要的部落，他们是现居我国最北端的藏族人群。这句话出自《后汉书·傅燮传》，清代版地方志有所引用，并提炼了高度，但真正走进这里，人们才会领略“天下要冲”的险要，“国家藩卫”的军情。我初次来到这里,是为了调查嘉峪关故事传说,有一则《卯来泉的故事》就诞生在这里。

山麓之下，卯来泉不声不响，不紧不慢，漫入整个堡子滩，青草在泉水的滋润下，托起新鲜而活泼的阳光，似乎看不见泉水的影子，而牧人们都知道，今年这泉水，旺啊。

泉有了，商道在哪儿？这是《卯来泉的故事》中的两个关键点。我们在卯来泉附近踩踏，有两条小径在这里交叉，在绿油油的草原上很是显眼。

一条沿着山脉，东西相向，可能是河西走廊丝绸之路上的一个小的分支，那时候，人们沿山而行便能找到水，运气好的时候还能捕到猎物。

另一条则直接通往山中，远远看去，像是云雾缭绕的山顶上放下来的一条绳索。我们索性就沿着这条“绳索”攀上山去。

看山跑死马，这是草原上的谚语。看着对面的山峰，积雪皑皑，好似就在眼前，可真正走过去，汽车也得几个小时。从前这条小径只有马和羊通过，遇上洪水季，山洪夺路而出，山谷里到处都是滚动的石头，洪水在大石头的四周推涌着，等到洪水歇下脚来，一个多月就过去了。山里山外，纯粹隔绝了信息，柴米油盐也就被阻断了。现在，人们在山上开了路，用推土机推开的简易公路盘山环绕，一圈一圈上，一圈一圈下，坡度大都在30度到45度之间，险峻异常。

我们的越野车从草原到山脚，还是猛虎一般，上了山就开始气喘吁吁。山间白云缭绕，坐在车上的人都捏着一把汗，顾不上摇摇晃晃的眩晕。

下了山，一切都好了起来，草原开阔，溪流潺潺，到处都是野花野草，让人目不暇接。这就是牧人的夏季牧场，很久很久以前，是他们祖先的营地，而如今，每到夏天，他们才在这里住一阵子。这里草肥水美，清凉舒适，整整一个夏天和半个秋天，他们都过着神仙般的日子。

在岁月的长河中，文殊口就像一个闸门，现代文明的波浪从这里汹涌出入，作为部落文化和表象的民族传统文化、语言文字、民俗服饰、经济生活和宗教信仰等，正在与其他文化进行交融。

祁连山养育了万物众生。牧人们相信，祁连山的每一座山峰都是神灵栖息的地方，每座山的神灵都在护佑着人们。祁连山不只给了他们家园，也给了他们精神的依托，他们从祁连山获得上天庇佑，获得智慧和力量。

隆重的祭祀仪式之后，人们围坐在一起饮酒聊天、载歌载舞。游牧民族豪放洒脱的天性在这里自由绽放，就像春天一下子来到山坡上，把整个山坡装扮一新。

世世代代的迁徙，使他们早就适应了这种东奔西走的生活，但近些年来，转场的时间和地点都相对固定了，转场就多多少少增加了一些仪式感，也就是说，从一个地方到另一个地方，离开了还要回来，所以要把这里的一切收拾停当，再回来的时候还像一个家一样。这不，转场这一天，儿子薛乔也回到了卯来泉，帮着父母拾掇东西，他们的外甥女艳子也来收拾房子里的杂物。

广袤的草原铺开千里碧毯，阳光下，群山间的青草在蓬勃生长，沟壑和原野上泛起潮湿的暖意。羊群和带路的牧羊狗早就熟悉了这里的地形，它们撒了欢地往青草更深处行走。

经过两个多小时的长途跋涉，他们终于来到了春牧场——一个叫大直沟的地方。

格桑花很快将炉子里的羊粪点燃，羊房子上的炊烟冉冉升起。

他们将旧的经幡取下，挂上新的。格桑花点燃柏枝，然后撒上青稞面，虔诚地祈祷着春牧场带给他们新的收获。

做完了这些，他们终于可以坐下来歇息歇息。看着熟悉的大山，熟悉的深沟里漫游的羊群，他们的眼里闪着幸福的微笑。雪山、草地、羊群，早已深深融入他们的眼眸和心灵。但他们并不会在这里待得太久。再过一个月，他们又将翻过这个山头，迁往夏牧场。

由于这里地处高寒地区，牧草生长期短，一年只有 4 个月的生长期，植被生态环境脆弱，为合理利用有限的草场资源，他们通常只在春牧场待 1—2 个月，而在夏、秋牧场待的时间稍长一些。

文殊口有一家即将开业的藏族风情园，老板是汉族人，从小生活在藏族群众聚居区，对藏文化情有独钟，他聘请王岩松老人为顾问。在展示藏民族传统文化方面，王岩松老人给了他很多有意义的指导。老人希望通许多表现形式，让更多的年轻人了解本民族的历史。

夕阳下的祁连苍茫万千。在游牧文明濒临灭迹的今天，人们对于它的内涵的认识和了解还远不能与它所具有的丰富程度成正比。游牧文明在旁观者的眼里不过是一种生活方式、一种习惯，而且相当原始。但是在欧亚大陆上，正是这样的游牧者与农耕人长达30多个世纪的抗衡，才谱写了这一地区民族的历史。

文殊山是祁连山北麓坡地的一条支脉。元代以前，文殊山叫嘉峪山，意为美好的山谷。相传，因文殊菩萨显圣于此，嘉峪山又得名文殊山。文殊山的显灵，其实也就是那些虔诚的修行者们精神世界的升华。

这里几乎汇集了中国所有派别的宗教艺术，如藏传佛教、汉传佛教、道教等，又被称为“佛教小西天”。文殊山石窟最早开凿于北朝，寺庙创建于贞观年间，距今有1500多年的历史。经魏晋时期的建设修缮，到唐、宋时期达到鼎盛。据考证，文殊寺石窟内的早期壁画可以和敦煌莫高窟媲美，有些则是敦煌壁画的补充和延续。民间有“先看文殊，后看敦煌”之说。在香火鼎盛时期，前山和后山建筑约360余座，70余院，石窟洞窟70余座。千百年来，这里香烟缭绕，吸引着周边信众顶礼膜拜。

文殊山下，喧嚣的小镇，拥挤的街道，坦然地洋溢着一种世俗的快乐。众多的商人和小贩，以及四邻八乡的香客、游人聚集而来。这是文殊山庙会的一天。这样的情形要一直持续好几天。从四月初一到四月初八，每年游文殊山、浪庙会已成为祁丰人以及嘉峪关、酒泉等地游客的习俗。

塞上暮春天气晴，红桃绿柳正相迎；城西脚步城南路，远足文殊结伴行。

文化和文明也是如此，伴我们远足的，还有希望和未来！

西王母的故乡
——海西游历

历史传说中，西王母在瑶池盛宴款待穆王，席间二人相谈甚欢。穆王赠给西王母大批中原特产和锦绸美绢，西王母回赠穆王当地的各种奇珍异宝，并邀请穆王游历了国中的山川名胜。分手时，两个人依依不舍，并约定了下次再见面的日期，还立了一块石碑，上面刻着“西王母之山”五个大字，作为永远的纪念。唐朝著名诗人李商隐对此有过描写：“瑶池阿母绮窗开，黄竹歌声动地哀。八骏日行三万里，穆王何事不重来？”以后，瑶池就被誉为仙境。

那么，在现实世界中，到底有没有瑶池这样的人间仙境呢？答案是肯定的。

在昆仑山、阿尔金山、祁连山环抱的柴达木盆地中，就有这样一块神奇的土地，它的名字叫海西。今天的海西还包括唐古拉山北麓的部分高原山地。平均海拔 3000 米以上高峻复杂的地形，云雾环绕，雪山高耸，水草丰美，鲜花遍地，牛羊成群，是一个天然的聚宝盆，与传说中的情景毫无二致。

高原仙踪——西王母国

海西古为西羌地。在西羌的多部族中，西王母古国给后人留下了文明遗痕。

专家认为，西王母古国东起青海东部河湟地区，西至柴达木盆地，北起祁连山，南达黄河源头，基本上覆盖了现今的青海高原。青海湖盆地、柴达木盆地和东昆仑山是西王母古国活动的核心地带。也就是说，海西柴达木是历史上西王母古国的所在地，是西王母的故乡。

几千年前的柴达木盆地，湖泊、草原、森林交相辉映，风光旖旎，众多野生动物在草丛中悠闲自在地活动。在这里，西王母古国从氏族到部落、部落联盟以至邦国出现，担任“西王母”的人不断更替或代辈相传，国王“西王母”的名称一直沿袭下来。

西王母世代传袭，威仪非凡，八方敬仰，国富民强，与中原诸帝王有着密切的联系。黄帝时，西王母曾骑着白唇鹿见黄帝，献上了象征友好至信的白玉环；尧时西王母又去中原，献上了玉琯；大禹曾向西王母学过治水之术；到了周代，穆王千里迢迢到青海湖边与西王母相会，这就是“瑶池相会”。

传说，西王母虎齿豹尾，手中拿着象征权力的戴胜权杖，住在昆仑山的石室之中。“有城千里，玉楼十二，琼华之阙，光碧之堂，九层元室，紫翠丹房。左带瑶池，右环翠水，其山之下，弱水九重，洪涛万丈”，古人心目中的昆仑山和西王母居室是何等的辉煌和壮美。

柴达木东北边沿——天峻县的二郎洞，据考证是当年西王母所居之石室。二郎洞位于县城西南 26 公里处的关角垭豁南侧一座独立的山丘，周围群峰环抱，四季披雪，青新国道从前面穿过。全洞由前后主洞与左右偏洞四部分构成，洞壁均为自然形成的白色光滑不规格石灰岩石，面积 132 平方米，结构奇特。若施以帷幔，珠玑镂饰，真是周穆王乐而忘返、“焕若神宫”的西王母华居了。此洞在史书中有明确的记载。《汉书·地理志》载：“金城郡临羌西北至塞外，有西王母石室，仙海，盐池……”《秦边纪略》载：“小昆仑在肃南二百五十里，高出诸山，因以昆仑名之，后凉太守马岌请于张骏立祠祀王母，今有遗址。”《晋书·沮渠蒙逊载记》中说：“蒙逊西至茗藿……遂循西海至盐池，祀西王母寺，寺中有玄石神图，命其中书侍郎张穆赋焉，铭于寺前。”二郎洞恰好在这个方位上，而且在洞前 200 米的西山根，已发现西王母寺的遗址。青藏铁路修筑时，曾掘出大量的汉代瓦当，后来有人捡到两块铭文有篆体“长安未央”“常乐万亿”字样的土红、青蓝瓦当。

二郎洞和洞前的西王母寺遗址，不是西王母唯一的居所。《山海经·校注》中说：“西王母虽以昆仑为宫，亦自有离宫别别窟，游息之处，不专住一山也。”海西州不乏西王母留下的“仙踪”“圣迹”。

从昆仑山下的格尔木市出发，沿青藏公路向西南行，越昆仑河向南，穿过“一线天”，抵纳赤台。这里的昆仑神泉，富含人体必需的特殊微量元素，对高血压、心脏病、动脉硬化等有良好的预防和治疗效果。相传西王母酿制的琼浆玉液就取此泉水，故众仙赴蟠桃盛会必得一醉方休。

关于西王母的形象，在海西野牛沟的岩画中有清晰而逼真的图案。

这实在是一处虚幻而又真实的景致。过昆仑泉，在雪峰和山泉之间，一座钢桥飞架昆仑天堑。穿越这座桥，离开青藏公路向北，经玉石山，就进了“南天门”。南天门是昆仑山绝美的风景，由三座孤立的山峰组成，高洁入云，气象森严，令人望而生畏。由南天门的土地庙涉昆仑河，就进入野牛沟了。

在野牛沟的四道梁上，有四五十幅岩画。有表现先民狩猎、畜牧、舞蹈的场景，也有牛、骆驼、马、鹿、羊、鹰等走兽和飞禽。岩画是3000年前西王母时期的石刻遗痕，石壁上人工雕刻的痕迹已被风雨侵蚀得有些模糊，但有几处图案相对清晰。其中有一幅人物图，一个人身着长袍，头戴胜冠，右手举一只鸟，上方则是太阳和月亮。日月同辉之下手举青鸟，专家们认为，这是西王母最原始的画像。试想，如果不是西王母，还有谁能够手举青鸟，头擎日月？

白兰之地——吐谷浑的归来

在海西，每一个历史阶段都有奇迹。

西王母古国消失数百年之后，北方鲜卑慕容氏的分支吐谷浑自东北远徙青藏高原，并以人名定族名、国名，建立吐谷浑王国。最后定都于香日德的这个王国，在海西留下了辉煌的历史。

从流浪到打拼，到有了稳固的地盘，吐谷浑的历史漫长而曲折。

吐谷浑王国是中国历史上少有的一个传奇，这个从东北的白山黑水间千里跋涉、辗转迁徙到青藏高原上的吐谷浑人建立的草原王国创造了诸多奇迹：350多年的存国时间，开创了少数民族地方政权最长的纪录；成就了丝绸之路南道几个世纪的繁华；培育了中国历史上闻名遐迩的千里马“青海骢”。它的历代国王中涌现了许多雄姿英发、见识不凡的杰出之士……1600多年前，吐谷浑人在神奇而瑰丽的海西，用热血和生命谱写了一曲令人扼腕叹息的历史长歌。

吐谷浑民族的兴起和王国的建立都是由一场小小的马斗引起的。1700多年前，在今天的辽宁彰武、铁岭一带，生活着中国古代民族鲜卑族的慕容部落。吐谷浑是这个部落首领涉归的庶长子，统率着1700户部众，而嫡出的年仅十六岁的弟弟慕容廆由于身份高贵，于公元284年继任了可汗之位。不久，慕容廆和吐谷浑两部的马群在草场上马斗，兄弟俩为此发生争执，吐谷浑一气之下率部众向西远徙。

当他们匆匆的脚步停留在青藏高原，停留在海西，一个新的民族和它的历史就这样传奇般地开始了。

吐谷浑在青藏高原建国，是中国历史上的一件大事，所以史学界泰斗范文澜先生在《中国通史简编》一书中说，“建立吐谷浑国，是社会发展中的一个光辉标志”。而吐谷浑古国的王城，就在青海省海西州都兰县香日德。

魏晋时代，香日德地区属白兰羌的驻牧地，大致范围包括布尔汗布达山南北山麓、格尔木、都兰地区。公元4世纪初，鲜卑吐谷浑部大首领吐谷浑率部从辽东半岛迁徙至甘、川、青交界的地区，“据洮水之西，极于白兰，地方数千里”，说明吐谷浑的早期，就已经占有了白兰之地。

在海西，最值得一提的应该是吐谷浑道。

吐谷浑道是吐谷浑人开辟的一条商道，它联通中原，广被西部，直达欧亚，成为吐谷浑人与外界沟通的桥梁和纽带，也成为吐谷浑无法复制的经济带。这条渠道上流淌的是丰富的物资，是灿烂的文化，是各民族人民之间的深厚情谊。

吐谷浑国势鼎盛时，领有今青海全境、川西北和新疆东南部，沟通着东西方的丝绸之路，像完全舒展、扩大的叶脉，嵌入青藏高原的版图，进入全方位的成长期。

当丝绸之路成为最为繁忙的中西交通线，吐谷浑以羌中道及其延长线河湟道横贯青海高原，可东达长安、洛阳，西达中亚、西亚。

这里的羌中道是指经湟水流域、青海湖、柴达木盆地，东西横贯青海地区的道路。而羌中道以鲜水海（今青海湖）为中心，东至陇西（治今甘肃临洮南）后，就称之为河湟道。

我们知道，张骞出使西域，是从长安出发，跨渭水，越陇山，向西穿过祁连山以北的河西走廊进入西域。这条道路被古代和现代的人们所熟知，是传统意义上的丝绸之路东段的主道。

而黄河以西，经过祁连山以南，吐谷浑王国疆界内的丝绸之路南道就鲜为人知了。丝绸之路南道有三条支线：其一，经青海湖南岸或北岸，过柴达木的德令哈、大柴旦、小柴旦，出当金山口，到达甘肃敦煌，汇入河西走廊道，再往西域；其二，过青海湖南岸，经今都兰县城、香日德、诺木洪、格尔木、乌图美仁，再向西北经过尕斯库勒湖，越阿尔金山到西域。这条线是主线，与现代的青新公路走向基本一致；其三，从白兰（今鄂陵湖、扎陵湖一带）出发，经布尔汗布达山南麓或北麓，一直向西，溯今楚拉克阿干河谷入新疆。

丝绸之路南道又叫“羌中道”“青海道”。从慕利延开始，吐谷浑的好几个王被南朝封为“河南王”，《南齐》《梁书》《南史》都以“河南”来指称吐谷浑王国，并为其立传，而丝绸之路南道的地理位置恰在黄河之南，因此，学者们又把这条商道称之为“河南道”，又叫“吐谷浑道”。

吐谷浑道是吐谷浑人开辟的商道，它与丝绸之路东段主道的贯通，使吐谷浑人忙碌经商的身影融入了中华文明的背景之中，成为中华民族不可或缺的一部分。

以这条主干道为主轴，在北方自东向西分别延伸出经庄浪进入河湟或河西道，从祁连山门源、峨堡、扁都口等关隘入河西道，从柴达木盆地北缘进入敦煌，以及进入若羌、且末、于阗等疆南地区，使得丝路交往不必穿越塔里木盆地的中部、北部浩瀚的黄沙而抵达中西亚。

吐谷浑处于强势阶段时，在青海西南打通了吐蕃道（由吐蕃过吐谷浑进入西域）、河南道南线（从青海湖南岸和柴达木盆地南缘进入玉树联系吐蕃，该线路在唐代连接长安，成为著名的唐蕃古道）、河南道东南线（从玉树囊谦进入昌都，以及从西倾山、阿尼玛卿山过久治进入川西高原与西蜀道相连，远达成都、宜宾、武汉）。

至此，吐谷浑道基本形成了。它像是吐谷浑人的手臂，伸向了无限的区域，如同一个人身体上的血管，脉络畅通，血液循环，生命力十分旺盛。

吐谷浑诸路的畅通，使丝绸之路的功能更加强大，使各民族之间的交流从此进入了国际化的历史进程。现在看来，吐谷浑立国之所以能长达三百余年，除了其民族的坚韧性格之外，还有赖于经济文化的对外交往，仅仅这一点，就区别于那些老死不相往来的封闭式发展的其他很多地区的游牧民族。应该说，这是吐谷浑的幸运，也是吐谷浑道的功绩。

吐谷浑道的开通，既是吐谷浑人的现实需求，也是周边各民族和中原王朝的意愿。

对于吐谷浑而言，处理好自己与中原王朝的关系，是头等政治任务，也是关系整个民族兴衰存亡的大事。开通吐谷浑道，对于发展与中原地区的关系，可以说是一步妙棋。因为通过经济文化的交流，了解增多了，信任也就增多了。

南朝宋景平元年（423），吐谷浑主阿豺"遣使朝贡"，少帝"以阿豺为安西将军、凉州刺史，封浇河公"。此后吐谷浑便频频遣使，不断接受朝廷敕封，仅南朝宋文帝元嘉元年（424）至废帝元徽三年（475）一朝五十年间，贡献便达十二次，所行最为近便的当然还是经河湟道入西蜀道。

《魏书·吐谷浑传》载北魏太平真君五年（南朝宋元嘉二十一年，444），拓跋焘击吐谷浑，浑主慕利延西走白兰，次年被迫度流沙西入于阗，一年后始还旧土。《宋书·吐谷浑传》有同样的记载："索虏拓跋焘遣军击慕延（按即慕利延）大破之，慕延率部落西奔白兰，攻破于阗国，虑虏复至，二十七年（450）遣使上表云'若不自固者，欲率部曲入龙涸，越巂门'，并求牵车，献乌丸帽、女国金酒器、胡王金钏等物。太祖赐以牵车，若虏至不自立，听入巂门，虏竟不至也。"

历史上的经验教训值得汲取，吐谷浑道畅通，则民兴国强，反之，则处境艰难，寄人篱下，任人宰割。

历史记载，慕延由于阗回到旧土，但仍惊魂未定，恐魏军再来，故表文帝，愿率部族由龙涸进入川西安置。虽然文帝答应了这个请求，但北魏军并未在吐谷浑境内出现，吐谷浑亦未内迁蜀中，此谋遂寝。由此可见，吐谷浑西奔白兰、于阗，其预先设计的南逃路线，与青海道的走向相合，这说明进入吐谷浑时代，从羌中、河源出，可通往巴蜀进入内地西南，在中原各方势力混战期间，这条路是吐谷浑政治、贸易的主要通道。

同时，南朝与西域的交通亦全有赖于吐谷浑，南朝西界益州一带的走廊则是各种交通联系的前沿。其中，西域与南朝联系最多的是芮芮柔然、丁零等国。

《南齐书·芮芮传》:“芮芮常由河南道而抵益州。”吐谷浑以其地居于黄河之南，故以国号为河南，刘宋曾封吐谷浑主为河南王，因而，河南道作为吐谷浑沟通东西方的道路被固定下来。《南齐书·州郡志》谓益州“西通芮芮、河南，亦如汉武威、张掖为西域的之道”，这就表明在南北朝时，河南道已经是与河西道并驾齐驱、地位十分显要的经济文化交流的通道了。

总体上来看，在那个特定的年代，随着土地的扩张、经济文化交流的扩大，吐谷浑道由川西经青海通西域的具体路线是出益州（成都）北上，经龙涸（松潘）进入吐谷浑（青海），西行白兰（柴达木及果洛一带），越阿尔金山口入鄯善（且末）。由鄯善又分两路：一路向西，与《汉书》记载的西域南道相结合；一路经于阗北至高昌，与《汉书》所记载的西域北道合，经龟兹西行，绵延入滑国、波斯等地。

因西域、羌中、湟中、河西与中原、蜀地、吐蕃往来必以吐谷浑为枢纽，吐谷浑道就显得尤为重要，吐谷浑和周边各民族以及中原王朝对于吐谷浑道的维系也就更加重视。该期青海道因吐谷浑内部政权的更迭，另有多个异名，诸如河南道、吐谷浑道、白兰道等。随着吐谷浑进入青海，西晋末年南北政治形势的急剧变化，青海道由南向北、自东向西都有了新的发展。

应该说，这是一条大运河，其中有吐谷浑人开拓进取的勇气、不畏艰险的智慧。在一望无际的荒野上，在高耸入云的雪山中，在壁立千仞的峡谷里，在茫茫无涯的戈壁中……在草原，在绿洲，在平原，吐谷浑道像一条蟒蛇，穿梭自如，连接了一个又一个封闭的文化圈，实现了经济的互补、文化的整合。这样的一条道路所凝结的无形的精神财富，谁不为之动容呢？吐谷浑道打开了青藏高原与其他文化圈的广泛联系，使海西成为古代青藏高原上对外开放的中枢。

中兴沃土——吐蕃的兴起

雄才大略的松赞干布及其子孙，统领吐蕃在东向扩张中交好又吞并吐谷浑王国，怀柔培植国中之国，使吐蕃统治下的吐谷浑邦国得以延续。吐蕃王族后裔建立的唃厮啰政权，在经营青藏高原的同时，维持丝绸南路青海道的畅通，柴达木的物产由此进入内地，使海西进入了一个难得的发展期。

素有柴达木“绿洲”之称的青海省都兰县地处柴达木盆地东南部，历史悠久，人杰地灵。早在1500前，都兰县是“唐蕃古道”青海丝绸之路上的一个重镇，至今出土的丝绸数量之多、品种之全、图案之精美、时间跨度之长，均居甘肃敦煌莫高窟、新疆吐鲁番阿斯塔那、陕西法门寺出土的丝绸品之榜首，越来越受到世人关注。

热水一号大墓是都兰古墓群中最为壮观的一座墓葬，位于都兰县察汗乌苏镇东南约10公里的热水乡。这座大墓是我国1996年十大考古发现之一，国家重点文物保护单位。墓葬属唐代早期吐谷浑王室墓葬，也是我国首次发现的吐谷浑墓葬。

然而在当地人看来，热水大墓是一处神秘的凶地，被称之为“有妖怪的高楼”。

公元7世纪，不可一世的吐谷浑被吐蕃剿灭。若干年后，当地的藏族人害怕被自己祖先灭掉的吐谷浑人的魂魄会来寻仇，因而对吐谷浑人的墓穴充满了恐惧和仇恨，热水一号大墓就成了一个不祥之地。大墓周围有许多小古墓，数量达200余穴。国际学术界把这个古墓群称作“热水墓群”。

热水乡背依巍峨的热水大山，面临滔滔滚流的察汗乌苏河，俯瞰绮丽的察汗乌苏绿洲，而墓群所占据的更是一块风水宝地。热水一号大墓坐北向南，高33米，东西长55米，南北宽37米，从正面看像一个“金”字，因此有“东方金字塔”之称。大墓背后的两条山脉从东西绵延过来，如同两条巨龙，大墓则像一颗宝珠，构成“二龙戏珠”之势。墓堆下有3层用泥石混合夯成的石砌围墙。墓冢从上而下，每隔1米左右，便有一层排列整齐、横穿冢丘的穿木，共有9层之多，一律为粗细一般的柏木。如此庞大的墓穴，仅仅人工一项，也得一万人修建一年以上。且不说在遥远的古代，生产力水平低下，所耗费的人力、物力、财力就更是数不胜数了。最让人惊叹的是吐谷浑人用于修建墓葬的大量柏木，就目前观察所得，古墓周围是一片茫茫戈壁，根本看不到树。而古墓中大大小小的柏树从何而来就成了疑问。

被称为“九层妖楼”的热水一号大墓，就有七层用柏木做的穿木，平均每层要用去四五百根，而且越往下越粗，这一座大墓就用了几千根柏木。用这么多柏木建造坟墓，长途运输是不可想象的，所以这些木料很可能是就地取材。生态专家认为，在古代，这里应该是一个草木茂盛的地方，因为在柴达木盆地内，至今仍有不少地方叫柏树林、柏树山。

考古人员还发现，墓葬年代越往后，使用的柏木也就越细，这就告诉我们，随着不断的砍伐，粗壮的木料已经越来越少。从这一点来分析，柴达木盆地1000年前的气候和植被比现在要好得多。

在这座墓葬中出土了大量的唐代丝绸制品，其数量之多，品种之全，图案之美，技艺之精均属罕见。专家们认为，在对这些丝绸制品的研究中，有很多新的发现和新的启示，对研究唐代丝绸有着特殊的重要性，具有重要的学术价值。

吐蕃征服吐谷浑后，占据了吐谷浑的绝大部分地区，但吐蕃没有立即对其进行直接统治，而是暂时扶持了一个吐谷浑王作其傀儡，统治吐谷浑部民。诺曷钵的祖父伏允可汗惨死西部沙漠之后，其流亡在外的儿子尊王达延撤到了西南羌人属部苏毗或北象雄，宣布继位，建立了吐谷浑达延政权。大非川之战后，达延政权成为吐蕃的属国，其管辖地域在今天的青海湖西、柴达木盆地一带。

公元842年，立国200多年的吐蕃，内部大乱，政权分崩离析，国家处在宗室争权、军阀割据的内乱之中。为了避难，许多吐蕃王室的后代不得不远走他乡，其中有一支亚陇觉阿王系的后裔流落到西域吐鲁番。

吐蕃解体后，失去了对海西地区的控制。其境内的吐谷浑人又以部落为群，各不相统属，以强为雄，其时已有部分吐蕃和吐谷浑人相互融合。这时，以张义潮为首的起义军，推翻吐蕃在河西走廊的统治，吐蕃沙州等地官员相继逃越祁连山，进入海西柴达木地区。

游牧者的家园——和硕特的兴盛

神奇而美丽的海西，刚烈而粗犷的海西，没有离开过蒙古族人民顽强性格的浸染。今天生活在海西蒙古族藏族自治州柴达木盆地的蒙古族，属于明代开始形成的蒙古族的一支——和硕特蒙古。这支蒙古族，是明末清初时由固始汗带领，从新疆迁移到青藏高原，最后定居柴达木盆地的。

和硕特部王公贵族的先祖，可追溯到成吉思汗之弟哈撒尔，属于成吉思汗的孛儿只斤家族的一个支系，也就是通常所说的成吉思汗的“黄金家族”的一个支系。

固始汗本名图鲁拜琥，是明末清初西蒙古和硕特部的王公。他的父亲叫哈尼诺颜洪果尔，是成吉思汗的二弟哈萨尔的第18代孙，他的母亲叫阿海哈屯。《西藏王臣记》中记载，阿海哈屯生子5人，固始汗排行第三。在清代乾隆时期以后成书的，由甘肃拉卜楞寺的智观巴活佛写的另一本藏文史书《安多政教史》中说，固始汗同母兄弟五人，合称“五虎”，即拜巴噶斯、昆都仑乌巴什、固始汗、多罗扎萨克图和布颜鄂特欢。还有两个异母兄弟哈木噶秉图和哈纳克土谢图，所以固始汗兄弟总计7人。《西藏王臣记》说，固始汗少年时期以勇武著称，13岁时就领兵击溃“果噶尔军”（藏文意为“白头”，似指中亚地区信仰伊斯兰教的头缠白色头巾的民族）一万余人，威名远播。25 岁的时候，其生母阿海哈屯去世，他倾其家产，广散布施，为母亲做佛事，得到部众的拥戴。在喀尔喀部与卫拉特部之间发生战乱的一段时期，双方壁垒森严，行旅断绝，固始汗冒着生命危险前往喀尔喀部，通过巧妙而高超的调解活动，平息了战争，给双方人民带来了和平。因而，西藏格鲁派派到西蒙古去传教的东科尔呼图克图（呼图克图是清王朝授予藏族及蒙古族喇嘛教大活佛的称号，地位仅次于达赖和班禅，东科尔呼图克图应是西康东科尔寺的三世东科尔活佛甲哇加措）和喀尔喀部的封建主们对此十分满意，共同赠给他“大国师”的称号。后来他常用的“固始汗”的称号，就是“国师汗”的音转。

自明清以来，蒙古诸部裹挟着蒙古汗国的遗风，从蒙古高原纷纷西进、南下，越过祁连屏障进入青海，经营柴达木地区。

北方蒙古族最早进入柴达木，是在南宋宝庆年间，蒙古国成吉思汗第三子窝阔台汗在位的时候。1239 年，以河西走廊为属地的窝阔台汗次子阔端，从凉州（今甘肃武威）派部下取道青海进兵西藏，继而统管吐蕃，柴达木由此成为蒙古帝国四大汗国之一的窝阔台汗国的辖区。

元朝建国之始，就定下了经营藏地的国策。阔端派兵西藏后，邀请藏传佛教著名人物萨迦班智达到凉州，商谈说服吐蕃归顺元朝的大事。1246 年，萨迦班智达带着侄子八思巴和恰那多吉到达凉州。几年后，忽必烈封八思巴为帝师，掌管全国佛教和藏区行政事务，又赐给恰那多吉“白兰王”封号，授金印及左右刑狱同知等名号和职务，让其娶阔端之女墨卡顿公主为妻。在恰那多吉之后，还有吐蕃人索南桑波、贡噶勒贝坚赞贝桑布和扎巴坚赞贝桑布被元廷封为白兰王，其封地就是海西地区。明朝建立以后，镇守海西地区的宁王卜烟帖木儿归降明朝。明朝在其辖地及其周边，设阿端、阿真、苦先、帖里四部，并封卜烟帖木儿为安定王，并准其所请，设安定、阿端二卫，其活动中心在今盆地西北部的冷湖、茫崖一带。

明朝中叶，蒙古亦不剌、阿尔秃厮进入青海后，攻破撒里畏兀儿外逃至都连山北麓，藏族人一部分迁移到黄河以南的今海南州及黄南州等地，留下的则被蒙古族所控制。

康熙平定三藩之乱后，就开始积极筹划经营西藏和新疆。此时，游牧新疆的蒙古准噶尔部日渐强大，今属茫崖行政区的尕斯（也写作嘎斯、噶斯）地区，就成为准噶尔屡次犯边入藏的重要隘口，战略地位十分突出。清政府组织和硕特左翼严加防范，并派出满洲防兵和汉军分驻尕斯口布隆吉尔、诺木洪、察汗乌苏等处，共有兵员一万余人，由都统、副都统坐镇。诺木洪驻军在防务的同时垦荒种植，实行最早的军垦。

蒙古族在柴达木的历史，历经了元、明、清三个朝代。公元 13 世纪 20 年代，随着蒙古帝国的建立，蒙古人开始进入柴达木。元亡明兴，蒙古族有的北迁，有的降附明朝，被安置在原牧地或迁入内地。明代中叶以后，大批漠南东蒙古和漠北喀尔部移牧西海，柴达木蒙古族得到加强。明末崇祯年间，漠西厄鲁特蒙古和硕特部在其首领固始汗率领下，从新疆南下，移牧青海，进而运兵康地，扶持黄教格鲁派，建立汗国。这是蒙古族最强盛的时代，海西地区也由此进入了吐谷浑建政之后的又一兴盛时期。

柴达木是瑰丽的。这里有迄今 700 多年历史的都兰寺；有举世瞩目的青藏铁路；有中国西部最原始、保留最完整的湿地生态系统，集自然性、典型性、稀有性、多样性于一体；有蒙古族、藏族、汉族、回族、土族等 30 多个民族，不同民族的文化在这里交汇共生，犹如一部绵延千百年的历史画卷，历久而弥新……

这是一片古老而神秘的土地，这是一片充满活力、充满希望、充满诱惑的土地！

荒漠之灵

——普氏野马回归纪实

在广阔的荒野上，与风比邻的是飞奔的马。

在广阔的荒野上，留下时间和生命印记的是飞奔的马。

在广阔的荒野上，带动了一片绿色和一抹朝霞的是飞奔的马。

曾几何时，那些马离我们远去了。那些马丧失了种群和泉水，丢掉了珍爱的故乡。

今天，它们在哪里？荒野在呼唤！

2009年2月，风吹残雪，一片凄凉。荒野上的疏草被雪色润泽，骆驼刺、白草、野麻黄的枯枝败叶中透出淡淡的绿色。广阔的雪，覆盖着广阔的宁静，我们敛声静气，在古丝绸之路的咽喉之地，瓜州的极旱荒漠地区，等待着，谛听着，盼望着那些马如荒漠之灵，翘首于蒿草之间，给平静的雪野带来惊喜。

我们挤在一间破旧的黄泥小屋里，那是保护区的一个观测点。炉子里的干柴不时发出燃烧时崩裂的啪啪声，小屋里热乎乎的。而小屋的外面却覆盖了厚厚的积雪，只有泉水冒着白色的雾气。这时候，正是野马饮水的时辰。如此寒冷的天气，它们会来吗？保护区的工作人员说："一定会来的。"我们心情焦急，想象着那绝世的野马披挂着冰雪而来。它们冷吗？它们吃了吗？

它们真的来了！从模糊的远影，到灵巧的身姿，一会儿工夫，那踢踢踏踏的声音就敲响了寂静的雪原。看见它们自由欢快的样子，我们不由得屏住呼吸，

普氏野马

生怕任何一点微小的动静惊扰了它们。

这就是稀有、珍贵的普氏野马，又回到了自己辽阔的故乡。

何谓“普氏野马”？这还要从 19 世纪末叶火热的中亚探险史说起。

1878 年，沙俄军官普热瓦尔斯基率领探险队先后 3 次进入准噶尔盆地奇台至巴里坤的丘沙河、滴水泉一带，捕获、采集野马标本。在一阵阵激烈的枪声中，一匹匹野马倒下了，浓烈的血腥气在狂风中飘散。在近乎野蛮的掠杀中，那些惊恐的野马逃离了水草丰美的故地，逃向戈壁和沙漠的深处，它们的命运可想而知。由于是普热瓦尔斯基率先发现了这样一个血统优良的马种，1881 年，沙俄学者波利亚科夫便把这个马种正式定名为“普氏野马”。

作为当今世界上仅存的一种野马，普氏野马原分布于中蒙西部边境一带。史书记载：汉武帝元狩三年（前 120）得神马于渥洼（今敦煌南湖）中，清乾隆二十七年（1726），肃州（今酒泉）仍将野马皮作为贡品。由于生活地的自然条件极其艰苦，缺乏食物，水源不足，还有低温和暴风雪的侵袭，加之人类无休止的捕杀和对其栖息地的破坏，更加速了它的消亡。在近一个世纪的时间里，野马的分布区急剧缩小，马匹数量锐减，濒临灭绝。20 世纪 60 年代中期，这一珍贵物种在原产地基本绝迹。但这痛心的记忆，随着普氏野马的回归，渐渐升起了希望的曙光。

1992 年，在国家环保局的支持下，北京生物多样性研究中心接受了英国豪勒特—波特林姆基金会赠送的 10 匹普氏野马，暂时圈养在北京生物多样性研究中心，计划引进到瓜州极旱荒漠国家级自然保护区（野马原产地）实施回归项目。

目前世界各地动物园中保留着千余匹普氏野马。由于长期圈养，种群面临退化和丧失其遗传多样性的问题，已引起全世界自然保护组织和学者的极大关注。国际野生动物保护同盟、联合国环境规划署、世界粮农组织等共同制定了野马的全球保护计划，其最终目的就是要在其原分布区恢复自然群种。同时，野马回归也是履行《生物多样性公约》的重要措施之一。为此，在瓜州极旱荒漠国家级自然保护区内实施野马回归项目，得到了有关部门和社会各界的高度关注。

瓜州极旱荒漠国家级自然保护区位于北纬39° 50'~41° 53'、东经94° 47'~96° 51'之间，面积80万公顷，是环保系统最大的保护区之一，也是我国唯一的极旱荒漠保护区。

保护区在构造上是祁连山地槽褶皱带北翼与北山褶皱带南翼之间的一个中新生代盆地，南北地势高，逐渐向盆地中央的疏勒河谷地倾斜，一般海拔 1300 米—2300 米。区内有山地和低山残丘、山前洪积倾斜平原和走廊冲积淤积平原三种主要地貌类型。此外，在风力作用下，保护区内还形成了一些风蚀地貌和风沙地貌。低山残丘多石质裸露，成为石质戈壁，洪积倾斜平原面积广大，

瓜州葫芦河

沙砾深厚，成为沙砾质戈壁。

保护区位于亚洲大陆中部，为典型的大陆性干旱气候，降水少，年平均降水量 50.87 毫米。蒸发量大，年平均蒸发量 2381.32 毫米，是年降水量的 46 倍。日照长，年平均日照总数 3088.01 小时，昼夜温差显著，年平均日温差 16.1℃。夏季酷热，极端最高气温 42.8℃，冬季严寒，极端最低气温 −29.3℃。风大沙多，年平均风速 2.84 米 / 秒，瞬时风速 17 米 / 秒以上，大风日平均 33.27 天 / 年，主要是东风，次为西风，全年平均沙暴 137 次，浮尘 29.1 次。年平均气温 8.7℃，年平均无霜期 172.2 天，年平均相对湿度 41%。

经过多方考察，这样的自然条件，对于普氏野马野性的回归和生命力的锤炼具有一定的示范作用。

保护区内有疏勒河、榆林河两条内陆河流，均系过境河流，且只从保护区南片边缘流过，对保护区影响不大。地下水比较丰富，据 1983 年安西县（今瓜州）

水利区划报告资料，地下水蕴藏量 75970 万立方米。受地质、地貌的影响，地下水露出地表形成的井、泉在保护区内广为分布。由于保护区地处亚洲中部暖温带荒漠和温带荒漠、极旱荒漠和典型荒漠的过渡带，荒漠植被成为本区地带性植被的主体，此外还有少量低湿地植被和山地植被分布。区内已调查记录到的维管束植物有 56 科 345 种，植物区系成分以亚洲中部荒漠草原成分为主。

作为我国唯一的极旱荒漠保护区，瓜州极旱荒漠国家级自然保护区的生态环境逐步改善。2007 年，新发现了 12 种植物，其中多裂骆驼蓬、问荆、拟糙叶黄芪等植物属中亚超旱生特有物种，具有较高荒漠植物机理研究价值。保护区负责人介绍说，从 2000 年开始，管理站先后对总面积约 80 万公顷的保护区实行围栏禁牧，并实施了退牧还草等生态恢复工程，植被覆盖率由 2000 年前的 18.5% 提高到现在的 22.7%，野生植物的种类也由原来的 362 种增加至现在的 374 种，沙化现象也得到一定控制。

随着环境的恢复，保护区的动物种群数量有增无减，以中亚荒漠动物类型为主，南部山地又与青藏高原动物区系有一定联系。已调查记录到的脊椎动物有 158 种，其中兽类 29 种，属国家重点保护动物的有北山羊、蒙古野驴、雪豹、草原斑猫、猞猁、鹅喉羚、盘羊、岩羊等 8 种；鸟类 106 种，属国家一级、二级重点保护动物的有黑鹳、金雕、小鸨、胡兀鹫、大鵟、隼类、鸮类、高山雪鸡等 19 种；爬行类 9 种；两栖类 1 种；鱼类 13 种。

保护区的北片在历史上就是野马的分布区。据《甘肃省脊椎动物志》记载，最后一匹野马就是于 1957 年在紧邻瓜州的肃北明水与野马泉之间捕获的，至今这里仍分布有蒙古野驴、北山羊、鹅喉羚等荒漠有蹄类动物。经有关专家现场考察证实，一些地区仍保留有适宜野马栖息繁衍的自然环境，是实施野马回归项目的理想地点。

瓜州极旱荒漠国家级自然保护区自 1987 年建立以来，做了大量基础性建设工作，1992 年升格为国家级自然保护区。还有 20 多位专家教授组成的专家顾问组和学术委员会，指导、帮助保护区开展多学科的科研和技术工作，这为瓜州实施野马回归项目奠定了技术方面的基础。

2005 年 4 月 30 日和 9 月，工作人员分两次将 16 匹野马放归大自然。据原安西（今瓜州）极旱荒漠国家级自然保护区管理处石存海工程师介绍，经过野外的生存锻炼，不论是在严冬还是在炎热的夏季，这 16 匹普氏野马的生活状况良好，已经恢复了野性，逐步脱离了对人的依赖。对于野马被放归大自然后，如何保障安全的问题，瓜州自然保护区管理处想尽了办法。他们首先在野马放养地点最高的山头上设置了一个瞭望台，派专人在这里日夜守护。每天早上，驻守在这里的守护员都会用高倍望远镜在 4.5 万亩的草场上进行巡视。为了防止野狼群袭击野马，管护站的工作人员每天晚上都要在野马经常聚集的地方燃放鞭炮，靠火药味驱离野狼。

看来，普氏野马已经融入了瓜州极旱荒漠国家级自然保护区广阔的原野，它们的生活习性已成为整个荒野蓬勃生命力的一部分。不远的将来，成群的普氏野马将在瓜州极旱荒漠国家级自然保护区焕发青春的活力，再现野马故乡的繁荣景象。

额济纳记

从一座小城的四面走出去，都能走进沙漠或戈壁，仔细想来，这是一件可怕的事情。第一次到额济纳，沿着东南西北四个出城的方向狂奔，不长时间，就把金黄的森林和紫红色的红柳抛在了身后，取而代之的是无垠的戈壁和高低起伏的沙丘。在返回的途中，我一遍遍向后车窗看，生怕那些荒芜的戈壁和沙漠会像一只狼，紧跟着我们。

之后，每隔几年，我都要去一趟额济纳。刚开始的时候，是在每年的十月份去，主要是去欣赏那金灿灿的胡杨。后来，这样富丽堂皇的景致也使人疲惫起来，我就在不同的月份去，那真是别有趣味。

除了三伏天，什么时候来额济纳都是正确的。因为入伏之时，是额济纳一年之中最炎热的时候。当地的朋友在电话里说，那里的地表温度达到了50多度，沙丘里能蒸熟鸡蛋。这个季节去额济纳，只能待在宾馆里，出门就是滚滚的热浪，躲都没地方躲。

我还是去了，还想到处走走，尤其是想沿着那些东南西北的路，走出额济纳，去看看那些戈壁和沙漠。

岁月深处

正是戈壁和沙漠，把夏天的热源源不断地运送到额济纳。在三伏天，蜃景

额济纳胡杨

飘浮在目之能及的半空，与绿色的胡杨林缠绕在一起，一半真实，一半虚幻。在额济纳绿洲的外围，古城池的残垣断壁、古长城隆起地表的矮墙，扭曲着、浮动着，像是漂泊在波浪起伏的大海之中，那流动的热量是大地不能接纳的部分，还给了天空，由植物和人来消化它。

在额济纳，如果没有水，大地上的一切都会被阳光烧毁。

幸亏有一条额济纳河。

额济纳河是黑河的一部分。黑河是我国第二大内陆河，发源于青海省祁连山东麓，干流全长 821 公里，从巍峨的祁连山间奔流而下，面对着戈壁荒漠长驱直入，缔造了一片又一片丰润的绿洲。额济纳是这些绿洲中最具传奇色彩的一处。

黑河进入额济纳旗，流程约 270 公里。在狼心山分为东、西两条河，总长分别为 179 公里和 177 公里。北流途中，又分为 19 条支岔，最后流入居延海。

可以想象，这 19 条支岔，水流纵横，波光粼粼，有多少湿地和海子，拥抱了茂密的森林和田野。难怪在历史的记载中，额济纳三角洲是一片水草丰美、驼羊成群的“塞上江南”。作为巴丹吉林沙漠边缘的一片绿洲，额济纳形成了巴丹吉林沙漠和阿拉善大戈壁之间狭长通道的补给驿站，很长一段时间，人们沿着丝绸之路抵达漠北，额济纳是必经之地。

由一条河流而展开的自然地理和人文景观，在本土文化历史学者李靖的眼里，无疑是一幅波澜壮阔的画卷。

陪同我们的李靖先生，是研究额济纳历史的学者，他生在额济纳，长在额济纳，对他来说，额济纳是故土，更是包裹了他生命信息的胎衣。那些很久以前发生的事情，就像存活在他的记忆之中。

他说，距今 3.5 万年前的额济纳是东西新石器文化的连接点。东，代表中原；西，代表西域。远在夏、商、周时期，乌孙在这里牧马；秦朝，大月氏的牛羊漫步于额济纳河畔;西汉初年,匈奴的弯刀在月光下滴着血。这血腥的弥漫，让心高气傲的汉武帝握紧了拳头，元狩二年（前 121），这个看起来温文尔雅的君王，终于按捺不住一忍再忍的心情，猛然挥起长刀，直指匈奴。

这是一个血雨腥风的年代，当骠骑将军霍去病的铁骑如秋风扫落叶般入居延、收河西，这块土地已是伤痕累累、血迹斑斑了。好在，文明的种子迅速发芽，在额济纳河的滋润下，一派春光淹没了战争的残骸。

在这块土地上，一行行脚印踩踏着、重复着，土壤中浸润了人的汗水、血肉和骨头，生土渐渐变为熟土。这是在漫长的岁月中完成的，其中渗透了巨大的痛苦、欢乐、牺牲和幸福，而在历史中，这样的过程只是寥寥数笔。

在额济纳，遗留在戈壁沙漠中的残垣断壁，总是在人们的游历中若隐若现。从汉代开始，这里所构建的城、障、烽、燧、塞墙等遗址是额济纳文明的骨架。文化视野中，这些遗址的残败与那些欣欣向荣的胡杨林一起，把自然与历史融合为一种无法抹去的沧桑。

在居延文明的框架下，我们叫它居延遗址。居延遗址的主要城址和重要遗存分布在额济纳河下游，西至纳林河、东到居延泽，宽约60公里的范围之内。在这一区域内，目前发现了青铜时代遗址1处，不同历史时期的城址13座，墓葬区6处，汉代烽、燧118座，西夏至元代的庙宇10余处以及大片的屯田区和纵横曲折的河渠遗存等。从这里，我们看出了一条河流的内涵，它滚滚流淌，亿万斯年，其中的闪光点，就是这些孤独寂寞的居延遗址。

无边无际的红柳

常常去额济纳，每一次去，都会惊叹于那长势迅猛的红柳。这次去，更是惊叹不已，因为那红柳已经是一堵植物墙，把道路围裹得严严实实，没有了从前的那种开阔感。

额济纳三角洲的外围，沙漠灰黄，戈壁苍茫。就在这样一块自然环境极端恶劣的土地上，处处生长的红柳却让人为之一振。那淡绿的枝叶，粉红得微微发紫的花朵，簇拥在一起，密密匝匝，随风拂摆，争奇斗艳，把沙漠戈壁的荒凉驱赶得无影无踪。

红柳学名柽柳，为落叶灌木或小乔木，又名观音柳、西河柳。小枝下垂，纤细如丝，婀娜可爱。一年开三次花，花穗长二三寸，其色粉红，形如蓼花，故又名三春柳。在额济纳旗11.46万平方千米的广袤土地上，红柳灌木林分布面积约126万亩，多集中在额济纳东西河沿岸，主要以多枝柽柳、短穗柽柳、长穗柽柳、细穗柽柳及刚毛柽柳等种属为主。

额济纳的红柳生长在盐碱地、沙漠地，如果没有红柳，沙石长驱直入，绿洲和村庄就会被淹没。有了红柳，就像竖起了一道防风固沙的铜墙铁壁，沙石的步伐只能畏缩不前。千百年来，红柳不仅固沙，还能汲水，无愧于“戈壁沙

荒漠中的红柳

漠的克星”之称。

由于生活环境恶劣，红柳的叶子变得很小，像鳞片一样密生于枝上，每片叶子只有 1 至 3 毫米长。红柳的花期很长，从每年的 5 月到 9 月不断抽生新的花序，老花谢了，新花又开放了，几个月内，三起三落，绵延不绝。

额济纳的气候干燥少雨，水源奇缺。即使在这样特殊的自然环境下，红柳也没有放弃这片热土，它扎根在沙丘下，盘结在盐碱滩，根系深达 10 余米，被风沙掩埋后，枝条可迅速向上生长。它们牢牢团结在一起，紧密攒簇成一团，抗风斗沙，不畏艰险，傲然挺立。

在额济纳，我们发现一座巨大的沙丘上有一束矮小的红柳。牧人告诉我们，那是一棵生长了百余年的老红柳，它的躯干伸出一尺，沙子就埋掉九寸，这样循环往复。红柳用自己的身躯挡住了蔓延的风沙，形成了一个巨大的沙丘，而沙丘掩埋着的，正是红柳盘根错节的根系。

一个老牧人说，早些年他们生火取暖的柴火就是红柳。挖开一个上面长了一簇红柳的沙丘，整个沙丘里面全是红柳的根，这些根都有碗口粗，有的要张开双臂才能抱住。沙丘里的红柳根能装一骆驼车的柴火，一年的用度够了。

不过，在今天的额济纳，红柳已是受保护的沙生植物了。

千年神树

胡杨是额济纳旗的标志。人们不远千里万里来到额济纳，就是为了一睹胡杨的风采。尤其是秋末，集中在额济纳河一带的四十万亩胡杨林，共同组成金灿灿的世界，如梦如幻，好似人间仙境。

胡杨是所有杨树类树种的祖宗，是杨柳科属中活着的化石标本，是唯一能在极其干旱的沙漠上扎下根的杨树类树种。

额济纳的胡杨林是现今世界上仅存的三大原始胡杨林之一，树木之古老、之原始、之集中，景观之绚烂、之明媚，堪称奇迹。

胡杨树生命力极其旺盛的奥秘，在于它发达的根部。在严酷的自然环境中，地表水没有了，根就顽强掘进，去寻找地下水。就是这样，日复一日，年复一年，胡杨的根系不断向地下伸展。有人做过实验，胡杨树的根系最深可以根植于地下五十多米。因而，在极端的干旱中，胡杨林有“生而不死三千年”的美誉。

在额济纳四十多万亩天然胡杨林中，有一棵被当地人称为“神树”的胡杨，树高达 23 米，主干直径 2.07 米，胸围 6.5 米，要 6 个人手拉手才能围住。相传，三百年前，土尔扈特人来到额济纳绿洲，这里胡杨密集，骆驼和马匹无法入内采食，土尔扈特人便分片放火烧林。几年后，他们又来到这里游牧时，发现许多胡杨树已成为一片灰烬，周边都是茂盛的牧草，但有一棵胡杨树依然枝繁叶茂，毫无损伤的痕迹。土尔扈特人深信这是神灵在保佑，于是，他们怀着十分崇敬的心情，将这棵胡杨供奉为“神树”。

神树

据当地史料记载，这棵被称之为“神树”的胡杨已经有900多年的生长史，在它周围30多米的范围内，从无数的根系中，又蘖生出五棵茁壮的胡杨。

走进“神树”所在的那片胡杨林，脑海里不断回闪土尔扈特人东归的身影。这些英雄的人们，走过漫长的道路，终于找到了回家的路，回到了水草丰美的额济纳。因为胡杨树的生命力，激励了他们生存的斗志。

守卫“神树”的牧人说，“神树”老了，它的枝杈都是用木头支着，不然就会轰然倒地。“神树”的一部分主干干枯了，形成树洞，好像人的耳朵，人们就把它当作“神树”的耳朵。牧人说：“去，到神树的耳朵旁许个愿吧，很灵的。”我对着这个黑幽幽的“耳朵”，内心里祈愿亲人安康，并按照当地人的习俗，在“神树”皲裂的表皮上插入几张一元面值的人民币。仔细分辨，“神树”树身的裂隙间，全是硬币和纸币。“神树”低垂的枝条上，挂满了各色哈达，远远看去，就像挂满旗帜的航船。

每一个拜谒“神树”的人，都要在“神树”前上香鞠躬，我一时性急，竟忘了这一程序。围着“神树”走了一圈后，我发现自己的鞋带松开了，低头系鞋带的一瞬间，我似乎明白了什么：这是在向“神树”鞠躬啊！有意无意之间，我完成了这个动作，这是不是天意呢？

黑城遗址

在古代，河西走廊的防卫，一直延伸到了其西北部的居延地区。因为黑河的注入，使居延地区大片的沙漠和戈壁成为丰腴的绿洲，产生了曾经辉煌一时的“居延文明”。所谓的“居延”，就是以居延海为中心的广阔的绿洲，它基本上涵盖了今天内蒙古阿拉善的部分地区和额济纳旗的所有地区。

灿烂的文明总是伴随着战争的阴影。一种文明以强大的辐射力影响到周边，巨大的冲突也随之而起。据史书记载，汉武帝曾发戍甲卒 18 万，在张掖、酒泉至居延一带戍守屯田，因而出现了人口众多、商贾发达的城市。黑城，就是其中最具代表性的一座。

当黑河流经额济纳时，有了自己的名字——额济纳河。额济纳，在蒙古族语言中是“母亲”的意思，可见，一条河流对于一块土地，就如同母亲的乳汁

黑城

黑城

养育了自己的孩子。另据史料记载，黑城是北方党项族建立的西夏国的古都，党项语叫“亦集乃”。额济纳是“亦集乃”的变音。黑城位于额济纳河下游，巴丹吉林沙漠的边缘，距离额济纳旗人民政府所在地达兰库布镇东南约 20 公里。

来到黑城，巨大的沙丘已渐渐堆上了城墙。四周是荒芜的戈壁，沙子是从哪儿来的呢？同行的额济纳本土文化学者李靖告诉我们，虽然每年清理，但每年都会沙涌城墙，要是停止清理的话，黑城很可能就会被沙淹没了。李靖从小生活在额济纳，也常常去黑城玩耍，在他的记忆中，黑城保存了很多壁画和彩塑，他就曾经从沙堆里挖出过一尊色彩艳丽的菩萨。只是那尊菩萨太大，无法搬运，才遗留在城中，不然就会成为盗窃者的猎物。如今，城内仍有成片的沙丘，不知道李靖所说的彩色菩萨在哪一座沙丘中，这让我们充满了好奇。

黑城为长方形，周长约 1 公里。东西两墙中部开设城门，并筑有瓮城，现在城墙仍高耸于地表，高达 10 米。城内的街道和墙壁及整齐排列的木头檐柱从流沙中露出。整个黑城中，最明显的标志是佛塔，虽经岁月风霜，但它仍然巍然屹立于戈壁大漠。古往今来兴衰事，视野一片废墟中，思古之幽情油然而生。

如今，黑城早已废弃。城外围有一片南北长约 40 公里、东西宽约 25 公里的地域，有大片的古屯田区和田舍。这些屯田区和田舍是什么时候、什么原因荒芜、荒废的，我们没有确凿的证据。沧海桑田，只能望而生叹。但我们可以想象，在某个年代，黑城曾经矗立于居延绿洲之中，成为居延文明的亮点，商旅在城郭中穿梭，市声斐然，繁华异常。1963年，内蒙古文物工作队曾经从黑城一带的沙窝中清理发掘出一座庙宇，并发现了一些色彩斑斓、姿态优美的元代佛像，这足以证明那个时代黑城的富庶。

但是，突然间异族入侵，战争降临，城毁人亡。关于发生在黑城的战争，历史上只有只言片语的记载，但民间传说更加生动，更加形象，更有艺术魅力。

传说，黑城由一位黑将军驻守。敌军攻城时，先把自额济纳河经黑城的支流堵塞，切断了水源。黑将军率众死战，直至储水耗尽，乃下令将城中所有金银珠宝秘密藏在一口枯井中，最后战死。城陷，敌军屠城，黑城从此成为荒凉的废墟。还有的蒙古族牧民说，黑将军没有战死，他带领众将士突围出城，最后在城北面的大沙滩上化作了一大片枯死的胡杨。现在人们把这片枯死的胡杨林叫怪树林，因为那些被风力扭曲的胡杨主干，绝似一幅惨烈的战场图景。

也是因为这样的传说，黑城又一次遭受劫难。1929年，苏联地理学家科兹洛夫第三次来到黑城，寻找黑将军埋藏在城内的珍宝。他雇用当地牧民挖掘了两个月，挖到一定深度，便解雇了牧民，由他的队员挖掘。两名队员跳入坑里后，鼻子流血，昏迷不醒，其中一名死亡。挖掘被迫停止，洞穴被重新填埋。

当地的老百姓说，有宝便有蛇，蛇是珠宝的看护神。科兹洛夫也说："洞内有两条大蛇守护，凡人不得入内。"现在，掘宝遗址仍清晰可辨。近代，外国人来黑城探宝的，除科兹洛夫外，还有英国的斯坦因等。他们为寻找黑将军的宝藏到处乱挖，始终没有找到那口枯井，却挖出了大量的西夏和元代文书以及其他文物。科兹洛夫在一座藏式佛塔里发现了刻本、抄本书籍2000种以上，并发现了300张佛画和大量木制的、青铜镀金的小佛像。另外，他还在一座公主墓中发现了画在丝绸、麻布和纸上的佛教绘画25幅，至今保存在彼得格勒博物馆。挖掘出的书籍中有著名的西夏汉文字典《番汉合时掌中珠》，后来人们据此解读了西夏文。有关黑城的考古资料和研究报告发表后，黑城便引起了世界范围内的关注。加之额济纳河流域的胡杨景色，这里又成为旅游者向往的神秘之地。

城墙西北角顶部的 5 座佛塔，是黑城的标志性建筑。李靖说，这 5 座佛塔是 20 世纪 80 年代修建的，原来的佛塔已经全部被毁，说起来，这也是黑城的一段伤心史。

永远的黑城，只有那些残垣断壁在西风中凋敝。走进它，人们记住了曾经有过的辉煌，也记住了曾经悲伤的历史。

大同城

在额济纳，我的脚步一直跟随着李靖往前走。李靖说："这个地方要去一下。"我就跟着去；李靖说："那个地方必须去一下。"我就跟着去。走着走着，就累了。李靖似乎不累。他一个劲地说着额济纳的掌故，说着说着，有一句诗蹦出来了："大漠孤烟直，长河落日圆。"他说王维的名句就是出产于额济纳的。

这个地方叫大同城。

大同城是一座繁华了得的大城。在李靖的眼里，这里就是边疆的紫禁城。人流穿梭，车水马龙，熙熙攘攘，酒肆、店铺的幌子在微风中飘扬，像是大海中的波浪翻卷着，很是壮观。在这座城中，如果你是一个诗人，你绝对是李白、王维。

此城建于唐朝中期，前身是北周宇文邕的大同城旧址，也是隋唐大同城镇和安北都护尉的治所所在地。唐朝天宝二年（743）设置"宁寇军"，以统辖该地军务。

大同城坐西向东，有内外两道城墙。外城墙长 208 米，宽 173 米，但都是断断续续的残垣断壁。西城墙有门，不太明显。东城墙门高 9 米，门外有瓮城。城内有一座方形郭，墙长宽各 86 米，郭门朝南。郭内有一座砖瓦房舍的残迹。

外城东南也有一片不太明显的房舍遗址。从规模和形制上看，大同城和现在声名显赫的“玉门关”差不多，在当时几乎和玉门关齐名，都是塞外重要的军事关卡。在当时，如果说西行到西域去要经过玉门关，那么出大同城就进入了唐朝北部的突厥部落。

在大同城渐渐失去军事防御作用的时候，当地人常驻此地套马练骑，所以大同城也叫“马圈”。更晚的时代，人们利用废弃的城墙作为羊圈、马圈，因此此城在民间又叫“羊马城”。

大同城的建立，正值唐代中期，安史之乱爆发，唐朝倾全力对付，西部疆域被吐蕃夺取。到广德元年（763）叛乱平息时，今陇山、六盘山和黄河以西以及四川盆地以西已为吐蕃所有。开始时，河西走廊有些政区还是由唐朝的地方官据守着，不久就完全陷于吐蕃。大中二年（848），沙州（治所在今甘肃敦煌市西南）人张议潮驱逐吐蕃守将，收复了沙州，以后又收复了瓜州（治所在今甘肃瓜州县东南）、肃州（治所在今甘肃酒泉市）和甘州（治所在今甘肃张掖市）。到大中五年（851），张议潮率领沙、瓜、伊、西、甘、肃、兰、鄯、河、岷、廓 11 州归入唐朝。在此之前的大中三年（849），唐朝已经收复了秦、原、安乐三州。这样，唐朝的西部疆域恢复到了今新疆吐鲁番地区，河西走廊和陇东、关中又连成了一片。

大同城

外忧内患纷扰，唐代的国力削弱殆尽，这一点从大同城的建设上就能看出来。它基本上是用当地的一些沙石和杂草匆匆堆积而成，城墙的质量不堪一击，因此，大同城虽然比额济纳地区的许多汉代建筑晚

大同城遗址

了一千年，但是它的地面建筑却所剩无几。额济纳地处戈壁沙漠地带，沙石漶满，因而很多建筑都是就地取材。在汉代的时候，建关筑城，施工都非常精细，所用的土都是经过筛选的胶质黄土。而大同城的墙体几乎是不加选择，直接撮土而掬，因此结构松散，经不起风沙和时间的考验。

当我们随着李靖的脚步抵达这里的时候，满目的荒凉让我们如入冰窖。虽然天气酷热，但我们的心里还是凉透了。

在戈壁滩上，残垣断壁诉说着往日的辉煌。一座水泥碑上，写着“大同城”几个字，若不是这几个字的提醒，我们根本无法相信这就是赫赫有名的大同城。我们只看到了一处高于地表一米多的城墙残骸，压在城墙中的杂草，用手轻轻一拉还能拔得出来。

顺着李靖的指点，我们看到了一条古河道，它环绕着大同城。此刻正是夕阳西下，即使面对一条干枯的河床，我们也能吟诵出“大漠孤烟直，长河落日圆”

的句子，看来，李靖的说法是有道理的。

我们在大同城的城基上伫立良久，目送沉没的落日，在四合的黑暗中聆听昔日的喧嚣。

甲渠塞

李靖说：“你必须要看一看甲渠塞，就是那么一个名不见经传的地方，出土了大量的汉简，这些汉简，揭开了历史神秘的面纱。”

李靖一指，远处的苍茫戈壁突然定格于一点，在我们还没有看清楚的时候，李靖说：“那个土丘，就是甲渠塞。”

甲渠候官遗址，当地人叫破城子，在额济纳旗南 24 公里，纳林、伊肯河之间的戈壁滩上，为汉代居延都尉西部防线甲渠塞之长——甲渠候驻所。发掘前，遗址大部为沙砾掩埋。往西 300 米，南北排列“一”字形烽燧和双重塞墙遗迹。1930 年，西北科学考察团掘获汉简 5000 余枚。1974 年，甘肃居延考古队进行了发掘。障塞为一土坯方堡，基方 23.3 平方米，厚 4 米—4.5 米，残高 4.6 米，为三层土坯夹一层芨芨草筑成，草层间距 45 厘米。门在东南角。障内堆积近顶，两侧有台阶马道可登城头。居延地区军事防御体系的修建，应该是分阶段进行的。从汉武帝太初三年（前 102）起，开始修筑大量的烽燧。汉昭帝始元元年（前 86）至汉宣帝黄龙元年（前 49）的这 37 年里，居延地区的屯戍活动开始兴盛。据汉简记载，有时“用徙积四万四千”，可见当时的工程浩繁。

我们站在甲渠塞遗址上，风沙抹平了一切，如果不是李靖神情激动的讲述，即使我们走过这儿，也只能把它当作额济纳戈壁的一部分。从前的大气象早已被时光消磨殆尽，没有丝毫的遗迹。我们只有从李靖的侃侃而谈中，把历史记忆里的甲渠塞复原。

甲渠塞得名于两汉时期，因戍边屯田者在这里开挖了若干条渠道从事农田灌溉，而这座塞鄣可能是建筑在第一条渠道附近，便起名为甲渠塞。它是汉代居延地区军事防御体系中的一个重要塞鄣。在居延地区的军事防御体系中，共设置了 2 个都尉府和 7 个候官塞。它们由西南向东北依次排列为肩水塞、橐他塞、广地塞、卅井塞、甲渠塞、居延塞和殄北塞。甲渠塞就是居延都尉府西部防线甲渠塞之长——甲渠候官的治所。

甲渠候官治所是一座构筑坚固的军事防御性城堡。城堡由鄣和坞院两部分组成。

据史料记载，甲渠候官治所的焚毁，大约是在东汉王莽地皇四年（23），后来改建成供瞭望和燃烽的处所，到西晋末年便完全废弃了。

人们把殷墟、甲骨文、敦煌遗书和居延汉简并称为 20 世纪东方文明的四大发现，尤其是甲渠塞发掘的居延汉简《塞上烽火品约》《相利善剑》《甲渠候请罪》和建武初年弹劾违法士吏的《劾状》等完整的简册，让我们窥视了时间隐藏的刻度。

汉简《塞上烽火品约》中记载，一般的烽燧里驻有戍卒约十几个人，由一个烽燧长统领，而候官是烽燧的上级单位，也是更大一级的军事建制。这种更大的军事建制不仅起到烽燧的预警作用，士兵还要承担起军事防御任务。

站在古城遗址上，四顾荒原，碧空如洗，豪迈之情油然而生。残圜与孤丘起伏，古城与夕阳同辉。试想当年的那些戍边将士，在这里极目远眺，弹剑而歌，豪放中透露出无限的悲凉。这也许就是我们凭吊甲渠塞的心情吧。

居延海

一直在戈壁上走着，不相信会突然出现一片浩瀚的水域。但走着走着，这片水域就出现了：先是碧绿的芦苇，接着是碧波连天的水，这水就是居延海。

居延海水城

其实，在额济纳这块土地上，居延是个神话般的存在。

历史上的居延海，由东、西、北三个湖泊组成。人们早年所说的居延海主要是指西居延海嘎顺诺尔，现在所说的居延海一般指东居延海苏泊淖尔，距离额济纳旗达来呼布镇东北约 40 公里，地处巴丹吉林沙漠北缘，为古弱水的归宿地。

追溯居延海的发源，离不开祁连山的哺育。每当春季，暖风吹化祁连山上的冰雪，汇成奔腾的河流，冲进阿拉善沙漠。雨季到来后，补充水量的雨水进入河流，河水宛如一条晶莹的飘带，延展向额济纳旗北端。飘带尽头系着两颗洁白的“绣球”——嘎顺诺尔、苏泊淖尔，也就是史料记载的弱水流沙“居延泽”——居延海。

我们站在湖边，强烈的风带着湖中浓烈的碱腥味扑面而来，想着这就是大名鼎鼎的居延海，心中不免惆怅万千。

说起居延，现在很多人对它都非常陌生，但居延自汉代以来，直到清朝，都是一个极为有名的地方。它不仅仅是一个地区的代表，而且是一种文化的代表，居延地区承载着中华民族色彩极为艳丽、浓重的文化。

李白《胡无人》诗云：

严风吹霜海草凋，筋干精坚胡马骄。
汉家战士三十万，将军兼领霍嫖姚。
流星白羽腰间插，剑花秋莲光出匣。
天兵照雪下玉关，虏箭如沙射金甲。
云龙风虎尽交回，太白入月敌可摧。
敌可摧，旄头灭，履胡之肠涉胡血。
悬胡青天上，埋胡紫塞傍。
胡无人，汉道昌。
陛下之寿三千霜。但歌大风云飞扬，安得猛士兮守四方。

这首诗，把我们带到了那个烽火连天的年代。元狩二年（前121）春，汉武帝任命霍去病为骠骑将军，率骑兵一万出陇西，进击匈奴右贤王部。霍去病6天连破匈奴五个王国，接着越过焉支山一千多里，与匈奴鏖战于皋兰山下，歼敌近9000人，杀匈奴卢候王和折兰王，俘虏浑邪王子及相国、都尉多人。同年夏，霍去病再率精骑数万出北地郡，越过居延海，在祁连山麓与匈奴激战，歼敌3万余人，俘虏匈奴王5人及王母、单于阏氏、王子、相国、将军等120多人，降服匈奴浑邪王及部众4万人，占领了河西走廊。

那时候的居延海会是一种什么样的情景，它的万顷碧波缔造了怎样的春光秋色，我们不得而知。

此时此刻，面对无边无际的大湖，我们只有一个冲动，那就是荡舟其间，像一只只野鸭子，尽情畅游。好在，居延海的游艇正待起航，使我们有了与居延海零距离接触的机遇。游艇冲出芦苇荡，驶向广阔的居延海。游艇上的工作人员说，现在是枯水季，水深约 3 米—4 米，但湖中水草茂密，游艇只能按照清理好的航道前行。果然，我看见远处的湖面上绿油油的，布满了大片的水草，手伸进水里，一捞就是一大把。

湖面上的野鸭子三五成群，发现游艇经过身边，就突然潜入水中。远处有飞翔的天鹅，使浩翰的水域鲜活了起来。

在我们看来，这确实是一汪宝贵的水域：四周无际的戈壁包围着，滚滚的热浪掠过水面，带走潮湿的水汽，如果没有及时补充的水源，居延海的再次干枯是没有悬念的。

居延文明的复活

到了 20 世纪初，额济纳已经彻底沉寂了，但那漫漫黄沙中掩埋的西夏文书和居延汉简，一件件得以面世，轰动了中国和世界。应该说，这是居延文明的复活。但这种复活的方式，却是国人心灵深处的伤疤。

在那个黑暗的年代，西方的探险家们在中国西部广袤的土地上寻找和挖掘，无论是道听途说还是蛛丝马迹，他们都没有放过。沉寂的西部，在他们惊喜和贪婪的目光中聚焦，于是，那些古遗址、古石窟、古城堡，成为他们肆意挖掘的对象，无数精美的、价值连城的文物，被他们收入囊中，额济纳也未能幸免。俄国的科兹洛夫，英国的斯坦因，美国的华尔纳，瑞典的斯文·赫定、沃·贝格曼纷至沓来，将黑城和居延的文物遗存盗挖殆尽，仅科兹洛夫盗挖的古文物，就足够一个古代图书馆的藏量。他们盗走的西夏文物壁画、手稿、塑像、铸像和其他珍宝总数以吨计，分散在世界上 13 个国家的博物馆和文化机构里。

居延文化和西夏文化这两大文化体系独特的历史背景和边塞背景，是额济纳人文地理的全部，也是许多探险家选择额济纳的最初的动机。

说起这些盗窃者的行径，李靖痛恨无比，并历数其恶行。我发现，这一段历史，李靖讲得最沉痛、最无奈。跟随李靖的讲述，我们似乎回到了那个“大肆挖掘”的年代：

最早来到额济纳河谷的是俄国探险家波塔宁。那是1886年，他开始了中国西部的“弱水之行”。这次探险，他虽然无功而返，但他确认了黑城遗址的存在和出土遗物的情况。由于当地的土尔扈特人拒绝告知黑城的确切位置并提供任何寻访方便，无奈之下，波塔宁只好返回俄国。随后，他写了《中国的唐古特——西藏边区与中央蒙古》一书，首次将黑城秘境公布于世。

因为波塔宁的著作问世，引起了同是俄国人的科兹洛夫对黑城的兴趣。1899年，他来到了向往已久的额济纳河谷地，多方打听黑城的消息。如同波塔宁首次来一样，当地的土尔扈特人否认有任何古城的存在，科兹洛夫只能带着深深的失望去了西藏和新疆。随后的年月里，已在中国各地所获甚多的科兹洛夫对黑城仍没有死心。在买通了当地的蒙古王公之后，1908年到1909年，科兹洛夫又先后两次来到黑城，进行搜索挖掘，发现了一大批保存完好的历史遗物。他从黑城盗掘的文献有举世闻名的西夏文刊本和写本8000余种，还有大量的汉文、藏文、回鹘文、蒙古文、波斯文等书籍和经卷，以及陶器、铁器、织品、雕塑品和绘画等珍贵文物。他带回的来源于黑城的收藏品，有3500多件藏于冬宫博物馆，8000多件藏于俄国科学院东方研究所。科兹洛夫的第一次发掘，主要集中于黑城中部，第二次则将精力放在了黑城的西部。1909年6月，位于西城墙不远处的佛塔被科兹洛夫掘开，完好无缺的数千种各类刻本、抄本，数量达2.4万卷之巨的古代藏书，300余幅绘画精品，以及其他大批精美绝伦的珍贵文物，使得俄国人成了上帝的宠儿。原来，西夏国都兴庆府被蒙古大军攻破之后，黑城尚未失守，其间西夏国一些重要的历史文献被转移到黑城并埋藏。到今天为止，有关西夏地下文物资料的发现，论数量、价值和规模，首推黑城的文物发掘为最。其中一本西夏文和汉文对照的辞书《番汉合时掌中珠》更是尤为珍贵。这是一本双解字典，一方面用西夏字给汉字注音，并译其字意，另一方面又用汉字给西夏字注音，可以说是研究西夏文唯一的工具书，现代学者据此书才揭开了西夏文字的秘密。

1914 年，斯坦因率领中亚探险队抵达额济纳，在已是城门洞开的古遗址内外进行了为期 8 天的挖掘，发现了 230 册珍贵的汉文古籍和西夏文书。作为一名考古学家，斯坦因在黑城的挖掘过程中严格遵循考古程序，详细记录了出土文献的地点和出土文献种类，后人经过分析研究就可以得知该地在西夏时期或为官署，或为寺庙，或为民居，这使得英藏居延文物的史料价值远远高于俄藏居延文物的史料价值。

一波又一波探险家的涌入，使额济纳河流域喧嚣了起来，那远古的文明之光焰，随着一件件出土文物大放异彩，引得世人赞叹、惊讶。无论怎么说，这是居延文明的复活，毕竟，人类又一次看到了居延地区的辉煌往事。

永远的努图特

一场薄雪覆盖了祁连山深处的一面草坡，远山上的松林依然郁郁葱葱。草坡下的河流蓝莹莹的，像一条拂动于风中的绸带。

这里是祁连山裕固族人的一个牧场，名字叫杨哥。

最初听到这个名字，我把它想象为“扬歌”，觉得那是一个牧歌飞扬的地方。

一路颠簸着走过去，料峭的山势，像是一群骑士的雕塑，不由得让人想起一座山的深厚历史：

把祁连山作为故土的匈奴留下了千年的绝唱：失我祁连山，使我六畜不兴旺；失我胭脂山，使我嫁妇无颜色。2000多年前横扫大漠南北的匈奴人，一柄半月弯刀冷光闪闪。但是，在离开祁连山的那一刻，从来没有过的忧伤笼罩了他们。六畜的兴旺是物质的，是基础；嫁妇的颜色是精神的，是上层建筑。失去了物质和精神的双重支撑，民族的精脉、气脉就没有了。走出祁连山的匈奴，很快就消失在苍茫大地上了。而裕固族人的到来，是黑暗中摸索的一群人见到了光明。他们口传心授的民族史诗《西至哈至》记录了一个民族全部的迁徙史。西至哈至为历史地名，是裕固族人的出发地，是他们埋下胎衣的地方。从西至哈至走进祁连山，他们找到了永远的努图特。努图特意为故乡，是裕固族人梦中的家乡，而杨哥仅仅是他们位于祁连山中的一个驻牧点。在杨哥，一个民族内心的安宁与周边山川地理的融合是那样的天衣无缝。

腾格里达坂牧人帐篷

裕固族的祖先最早曾居住在敦煌之南、柴达木盆地以北，西到罗布泊、若羌一带。元朝时裕固族人被称为“撒里畏吾儿”。14世纪中叶，明朝设置了安定卫、阿端卫、曲先卫、罕东卫等八个军事性的卫所，对裕固族人实行管辖。15世纪初，信奉伊斯兰教的吐鲁番封建贵族察哈台后王，为了控制东西方商业交通要道，开始同明朝争夺裕固族人居住的地方。15世纪末，由于各卫统治集团之间互相攻杀，再加上吐鲁番贵族的不断侵袭，关外诸卫相继崩溃，纷纷要求内徙。于是明朝统治者不得已将各卫官民迁入嘉峪关内，安置在肃州（今甘肃酒泉）附近，以及甘州南山（今祁连山一带）等地，裕固族人随着关外诸卫东迁，形成了现在的居住格局。这就是历史上有名的撒里畏吾儿东迁。那时候，《西至哈至》就在人群中传唱。

裕固族是甘肃特有的少数民族之一，也是中国人口最少的少数民族之一。

正值腊月末，甘肃河西走廊的年味越来越浓，却无法渗透那壁立千仞的重叠山系。裕固族文化学者、著名作家铁木尔带着我们来到了杨哥。

没想到，在杨哥，正赶上裕固族人的祭祖仪式，这是春节的前奏。男人们头戴圆筒平顶毡帽，足蹬长筒皮靴，身穿高领左大襟长袍，腰系红、蓝色腰带，腰带上挂有腰刀、火镰、火石、小佛像、酒壶、鼻烟壶、旱烟袋等物。老年人头留长辫，并将发辫盘于头顶上。妇女头戴喇叭形白色毡帽或红缨帽，前缘镶有两道黑边，帽顶缀有红线穗子，后缘微翘，前沿平伸，衣领、袖口、襟边用各色丝线绣上花边图案。辫子上缀以彩珠、银牌、珊瑚、贝壳等饰物，如同色彩的河流，风情的盛宴。

人们陆续向着最高的山峰顶礼膜拜，念念有词。香烟袅袅升起，人们的祭奠庄严、神圣而又神秘。祭祖时先燃两堆火，一堆烧羊肉，另一堆烧馍和面、糖果等物，再将刚出锅的肉、馍放在高处。裕固族人崇拜自然，认为万物有灵，人世间的一切都是大自然赋予的，是神的恩赐。因此，要在帐篷附近的高处点燃柏香，为大自然和神送去祝愿和崇敬。

铁木尔熟门熟路，给杨哥的朋友们带去了几箱蔬菜、水果和一塑料桶青稞酒。大家如亲人一般互相拥抱，他们还一再挽留，让我们在山里过年。正好，铁木尔有一项民俗文化调查要完成，我们就应允了这诚恳的邀请。

除夕之夜，我们和杨哥的裕固族朋友一起吃年夜饭。按照裕固族的传统礼俗，老人在门口把我们让进帐篷，安排我们坐在左侧面朝门口的贴地板床上，这是贵宾席。按他们的习俗，我们先是双膝跪坐，然后盘腿坐下。第一道菜是酥油奶茶。喝奶茶是裕固族人的生活习惯，过去的饮食特点是一日三茶，以茶为饭，一般到晚间才吃一点面食，所以在招待我们时，先请我们喝酥油炒面茶，然后才用手抓羊肉和青稞酒款待。铁木尔告诉我们，裕固族人在喝奶茶时有很多讲究，一定要吃干净沉在碗底的“曲核”（一种呈块状的奶制品），表示已经吃够了，要不然的话，主人会一个劲地给你添加。

以酒待客是裕固族人必不可少的礼仪，他们有个老规矩，就是用各种名目向客人敬酒，要千方百计地把客人灌醉，似乎只有这样才尽到了主人之谊。裕固族人敬酒都是敬双杯，无论在场的有多少个人，只有两只小酒杯，主人和主人的亲戚要轮番给客人敬双杯，饮用的酒除了白酒和各种葡萄酒外，更多的是独具特色的青稞酒。那天，我们不胜酒力，铁木尔帮我们解围也无济于事，只好硬着头皮喝，直喝得醉眼迷离。

等我们醒来的时候，已是正月初一。我们借住的金花一家已经早早起床，意为人勤春早。按习惯，金花和父母姊妹们手捧清水，洒向帐篷、棚圈，表示清洁吉祥。吃过饺子后，附近的牧人们都来了，走亲访友，相互拜年，赠送礼物。送礼时，礼品装在褐子制成的口袋里，上面用一块四方白布对角折叠成三角形封盖，类似哈达，表示吉祥如意。

听铁木尔说，从初一到十五为宗教节日的正月大会，寺院多举办酥油灯花展，僧人头戴牛头马面等假面具跳护法，边跳边念，十分热闹。可惜我们看不到了。

一个外来人，到了这样一个世界，瞬间就像看见了自己的亲人。我又想起了那个词——“努图特”。几天的沉醉使我无缘于这明媚的风景,现在要离开了,我们可以仔细认真地审视一番：

无数个泉眼与山上的溪流合一，山上层层叠叠的松树一直堆垒到山顶。溪水从盘根错节的根脉上流下来，早已是清香四溢了。我骑着马拐过一个山口，狭窄的山道，突然间因为泉水的芳香而开阔了。这开阔是那种世外桃源般的宁静，这宁静是草、泉水共同营造的。我急匆匆下马，掬一捧泉水，洗净一路上的风尘，平躺于一面草坡，看云起云落，那一刻，我沉醉了。

晨雾渐渐飘散，哗啦啦的溪水一直是杨哥的晨曲，且不说那些鸟儿的伴奏，只是少女们从草坡上款款而下，羊皮桶在背上一颠一簸的样子，就足以使人陶醉了。在杨哥，有移动的帐篷，也有固定的石板房。如果说，一个人有前世，那么，杨哥就是我的前世。我并不奇怪，我会沿着草坡上的小路，在一座帐篷前劈柴烧火。对于故乡，谁都不会陌生。

在杨哥的那几天，我迅速适应了浓香的奶茶和浓烈的青稞酒，在裕固族牧歌中自由地起舞，一个文人的羞涩一扫而尽。不仅如此，我还重操牧人的旧业，赶着一群羊，漫游于每一个山头。

草原上汇集着人的气息、花和青草的气息，还有流泉、松树的气息，羊群、马匹和狼的气息，这些气息合起来，就是草原上的气息。它弥漫在云层之下、大地内部和人的心扉，因此，琴弦、歌声都是很自然的事。在杨哥，这些气息就是杨哥的气息，独特而又散漫，直入人的记忆之门。

难怪，这是一个民族共有的“努图特”呢！

罗布泊前沿

引子

敦煌是一个独特的地理单元。

青藏高原到了它的北部边缘，已是逐渐沉降的小型山脉、河谷草原和缓缓下沉的沙石地，它们犹如一道天然的屏障，阻止着鸟儿的翅膀和人类前进的步伐。如怒如涛的蒙古高原，在祁连山的阻挡下，只有猛烈的风，携带着枯黄的沙粒飞驰而来，但那也已是强弩之末。复杂的气流在高峻的山势中形成雨雪，沛然而降，巨大的冰川中，源源不断的融水，冲开万顷碧波，其生命的光泽无可比拟。茫茫无涯的沙漠和戈壁，那些如雷贯耳的名字：库姆塔格沙漠、塔克拉玛干大沙漠，横亘于它的西部，像是集合了一群猛兽，灰沉沉的眼睛一直死盯着这块璀璨的土地。

只有它的东面，敞开一片百余公里的戈壁，抵达瓜州，穿越河西腹地，直指中原。

南枕祁连，襟带西域，雪山为城，青海为池，鸣沙为环，党河为带，前阳关而后玉门，控伊西而制漠北。全陕之咽喉，极边之锁钥。这，就是敦煌。

国当乾位，地列艮墟，水有悬泉之神，山有鸣沙之异，川无蛇虺，泽无兕虎，华戎所交一大都会。这，就是敦煌，由一个独特的地理单元迅速上升为一个独特的文化单元。

罗布泊晨光

事实上，汉以来，文化和经济的广泛交流成就了敦煌。历史上横贯欧亚大陆的贸易交通线，从长安出发，迤逦而行，经过中亚、西亚直到欧洲。敦煌是咽喉要津，一直扮演着“华戎所交大都会”的角色。它深踞戈壁大漠，却敞开胸怀迎接南来北往的商人、旅行者、职业宗教家等。天苍苍野茫茫的土地，人类文明的光芒泽被四方。

然而，战争的倾轧，人类的开发，敦煌像一个疲惫的行者，一步步走到了今天。20 世纪初，敦煌藏经洞的发现，使数以万计的宝贵文物流失国外，成为国学之伤心史；21 世纪刚刚曙光勃发，敦煌的生态问题就日益严峻地摆上了桌面。

如果让本来就很脆弱的生态环境继续恶化下去，敦煌就会像一块宝玉，淹没于滚滚的沙尘之中。

遥远的城堡，近在眼前的生态警示

决不让敦煌成为第二个罗布泊！罗布泊太遥远，它狰狞的面容只有探险家才能够目睹。而走进敦煌的深处，那些废弃的城堡如同巨大的惊叹号，恐怖的阴影覆盖了无限的荒凉，向人们敲响了生态恶化的警钟！

几个世纪以来，在敦煌大地上，曾经辉煌的古城堡，如今却孤独地矗立在大漠戈壁的深处，俯身回眸历史的光阴，一片苍茫。

敦煌的夏天永远是火辣辣的。绿洲的绿荫下果实丰满，像莫高窟唐代塑像和壁画中华丽的女人。而一直向西的人，则是汗流浃背，戈壁的一望无际和故乡的渐渐遥远，使他们无法摆脱生理和心理上的重负，大地的火热与心灵的苍凉，是那样的水火不容。

在那座孤零零的烽火台下，我目光飘忽：难道这空旷大地上的一抔黄土，能够容得下一个王朝坚挺的背影，却容不下征人的哀思吗？

先祖的脚印早已被风沙和岁月抹平。沿着现代化的柏油马路，出敦煌西南70公里，绿洲散尽，一片亘古的荒漠横亘眼前，让我们对于历史的回顾更真切了。开通于纪年前，喧嚣忙碌了一千多年的中国古代交通要道——丝绸之路，就是从这里步入了最困难、最艰险的旅程。因此，一个小小的东方哨所，在无名的寂寞中，送出了无数的商旅驼队，迎来了九死一生的将军戍卒。它几乎是悲凉、愁苦、思乡、送别、欢乐、喜悦、回归等种种复杂情感的象征，被蒙上一层神秘、梦幻的色彩。它的被流传、被赞颂，实际上是人类所有美好希望的被流传和被赞颂。

追溯阳关的往昔，必须从这里继续向西。出阳关，沿塔克拉玛干大沙漠南缘，经鄯善（今若羌）、且末（今且末西南）、精绝（今民丰北）、于阗（今和田南）、莎车等地，翻越世界屋脊，经大月氏（今阿姆河流域中部）再向西，到达安息。

安息，历史上曾称波斯、波力斯，即今天的伊朗。

这条线路被称之为丝绸之路的南道。绿洲如同一个个遥远的驿站，被沙海分割，沿途戈壁沙石、雪域冰川、高寒缺氧、干燥无水，到处充满着死亡的气息。丝绸之路，并不像飘逸虚幻的丝绸，让人浮想联翩。早在汉武帝时代，张骞两次奔波于这条道路，历时数十年，凿空丝路，创造了中西贸易往来和文化交流的新纪元；公元前105年、公元前100年，汉细君公主、解忧公主和她们的随从、仪仗、陪嫁、香奁，从这里浩然西去，一股烟尘充斥着历史的悲哀，“和亲”的字样，犹如几滴晶莹剔透的眼泪，掩藏于典籍的深处；公元1世纪，行进在这条道路上的还有班超及其伙伴。班超在西域生活了三十多年，他的儿子班勇继承了父亲通西域的志向和事业；公元2世纪，安息王子安世高从这里东往洛阳；公元399年，65岁的东晋高僧法显从这条路线越过风雪帕米尔，那时，塔里木盆地东南部所有的绿洲水源都干枯了，变得无法通行，是他给后人留下了一份游历印度的游记；八百多年之后，意大利旅行家马可·波罗也是翻越过帕米尔高原，顺着这条线路进入中原的，他的著作《马可·波罗行记》，成为古代中西文化交流的重要文献。历史远去，阳关的辉煌不再，但它作为时间长河中的标记，却为后人所凭吊。

对于阳关的了解，大多数人是通过一首脍炙人口的唐诗，那就是王维的《阳关三叠》。“劝君更进一杯酒，西出阳关无故人”，阳关的哀愁弥漫于中国文化的教育空间，以至于阳关的真实面目越来越不清晰。

阳关，汉武帝时设在河西走廊西端的重要关隘，军事地位十分关键。魏晋时在阳关置县；唐代还在继续使用，玄奘西天取经，从天山南麓西入阳关回到长安，著名边塞诗人岑参在安西北庭节度判官任上曾写道：“二年领公事，两度过阳关”，那个年代，阳关受风沙侵袭，已成为荒漠孤关；宋辽以后，来自西北面的沙漠不断移动，人员东撤；元朝时，阳关已被流沙吞没，“阳关隐去”

阳关驿舍

的说法即指此而言。因而，阳关的确切位置，几个世纪以来一直是谜，人们仅凭各类典籍的记载进行推测。

《旧唐书·地理志》“寿昌”条目下载：“阳关，在县西六里”；

《新唐书·地理志》云：“自沙州寿昌西十里至阳关故城”；

巴黎藏敦煌石室本《沙州图经》残卷记：阳关“在县西十里”。这些文献中虽然有“六里”和“十里”两种说法，但所指的县城均为唐寿昌县治。

寿昌县汉时叫龙勒县，是敦煌郡所辖六县之一。相传，从前有一匹十分了得的龙马，速度如雷鸣闪电，朝发咸阳，暮及边关。当龙马西行至阳关南部180公里处的一道山梁上时，遗失了一副金质的衔勒，怎么也找不到。因为是龙马遗失金勒的地方，这道山梁就被命名为龙勒山，又因为县治在龙勒山附近，县名就成了龙勒县。唐武德二年(619)改名寿昌县，归沙州管辖。之所以改名为寿昌县，是因为城南10里有个寿昌海。可不能小看这个寿昌海，这里就是汉武帝时出“太乙天马”的渥洼池。

今天，寿昌城虽然历经千年的岁月风霜，但遗址仍在。寿昌城是敦煌前沿的堡垒，城池中，有行政官衙，也有酒肆、店铺、民房，但更多的是兵营和客栈，南来北往的人，在这里都有着刻骨铭心的人生遭遇。

寿昌故城呈拐尺形，由两个重合的长方形组成，西南角空缺，形状很像现在常见的拐角楼。遗迹东、西、北三面仅存部分残垣，南面的城墙尽埋沙中，墙基隐约可见。据测量，城堡面积为 83500 平方米，北墙长 300 米，东墙长 270 米，城墙残高 4.2 米，上宽 2 米，下宽 7 米，墙体由红胶泥版筑而成，夯土中央有灰、红陶片及汉代遗物。

站在沙丘，一边是滚滚的凝固的沙浪，一边是绿色的潮涌，在荒凉和生命的分界线上，历史竟是以这样残忍的方式，说出了自己无言的警示。

玉门关也是一例，时隔几千年后，人们只有通过断简残片来辨认它真实的面目了

玉门关是汉帝国最重要的边防要塞之一，玉石西来，丝绸东去，仅仅是它温柔和平的一面。“春风不度”的荒凉与“古来征战几人回”的悲壮，才是其真实的写照。

在古老的汉帝国的边防线上，一座关口的名望历久不衰，充满诗意而又凄凉幽怨，积聚梦想而又磨砺重重，这样的关口，可能只有玉门关了。

“黄河远上白云间，一片孤城万仞山。羌笛何须怨杨柳，春风不度玉门关。”唐人王之涣的《凉州词》，把万千征守者、行旅者的无限辛酸，凝聚于方寸锦帛，浓稠如玉，无法化开。

黄土、红柳、苇草夯筑的堡垒，以及形单影只的边墙，并不是玉门关全部的风景。疏勒河从遥远的雪山排空而下，在这里有着它迷人的风姿：清波荡漾，绿色滤漫，群鸟翔集，甚至有不安分的野兽探头探脑，向人们搔首弄姿。春风，

玉门关遗址

它应该是得意尽了。

然而，历史对于这样一块地域，却设下了“天降大任于斯”的磨难。一队队兵马、商客，一脚踏出，等待他们的，就只有漫漫的黄沙、戈壁，死亡的预兆布满遥不可及的终点。盼望、回归、期待，使一座狭小的边防站，成为希望与绝望、生命与死亡的分界线。

玉门关，真实的意义在每一个出关和入关者的眼里，清晰、确凿，游览者、倾听者不会有丝毫的触动。

历史的巨大背景中，玉门关的设置，与这样一些重大的事件息息相关。公元前 156 年至公元前 87 年，汉武帝两次派张骞出使西域，使西域的草原和骏马、习俗与物产，纳入了汉王朝的视野。之后民族矛盾激化，汉王朝三次大规模出击匈奴，廓清了西部边境的军事威胁，“列四郡，据两关”，一条贸易往来和文化交流的大道——丝绸之路宣告畅通。中国特有的丝绸源源不断地运往西方，西方的音乐、宗教以及葡萄、石榴、核桃、苜蓿等也相继传入中国。丝绸之路的开通，深刻影响着此后的中国和世界历史，这一伟大历史成就，是在河西修建了完备的军事防御工程——长城的基础上才得以完成的。在长城的护卫下，敦煌以至于河西全境免于匈奴和羌人骑兵的侵扰，社会经济得到了全面恢复和发展。以敦煌为大后方，以长城的延长线——从玉门关到罗布泊的烽燧防御警戒系统为依托，西汉王朝完全控制了天山以南、昆仑山以北的塔里木盆地全境，以及塔里木盆地以西的部分地区。

在长城的拱卫下，玉门关挺拔耸立，成为汉代中原通往西域和西域前往中原的一个必经关口，是敦煌这个丝绸之路总枢纽的一个重要开关。在军事上，玉门关是一个坚固的前沿堡垒；在和平的日子，玉门关又是一个通商口岸，负责征税、缉私，保护商旅的人身安全。玉门关的名字，就是古时候西域和田等地的美玉从塔里木盆地经此输入中原而获得的。想当年，玉门关下，使者“相望于道”“驰命走驿，不绝于时月；商胡贩客，日款于塞下”，各种皮肤、各色服饰穿梭于水泊深草，各种方言谈论共同的话题。战事骤起，关门幽闭，出击的骏马，前蹄不安地刨地。烽烟升起，金鼓敲响的一刻，仿佛空气都凝固了。

今天，当我们作为历史的追随者，从敦煌备足粮草，踯躅西行，绿洲的明媚逐渐远离，扑朔迷离的风尘弥漫前程，心情是不一样的。沧海桑田，疏勒河无奈地干枯，使玉门关的形象更加接近那凄惨的诗句。沙丘上稀疏耸立的红柳以及极尽生命状态的旱苇在飘摇，似乎顷刻就要折断。而高岗之上的玉门关，萎缩于千年的黄土，回忆着喧嚣的往事。

我们也在问自己：这就是玉门关？然而再想一想，汉代以来的数十个世纪，即使钢筋铁骨，也难免被时间的风霜改变得面目全非，何况一座黄土堆砌的城堡。

放眼望去，一座四方形的小城堡矗立于东西走向的戈壁。南部是盐碱沼泽地，北边不远处是哈拉湖，再往北是长城，长城北是疏勒河故道。长城逶迤蜿蜒，每隔十里或五里，筑有一座烽火台。“青海长云暗雪山，孤城遥望玉门关”，身临其境，才能体会到古人的哀思。

玉门关关城全部由黄土夯筑而成，面积约六百平方米。城垣东西长 24.5 米，南北宽 26.4 米，残高 9.7 米。城墙上宽均为 3.7 米，东西墙下宽 4 米，西北墙下宽 4.9 米，开西、北两门。城墙四周有宽 1.3 米的走道，设有内外女墙。城内东南角有一条宽不足 1 米的马道，靠东墙向南转上，可直达顶部。

玉门关的兴衰，无疑是丝绸之路兴衰的缩影。在丝绸之路的黄金时代，玉门关则进入了一个内涵丰富、润泽八荒的玉石时代。那时候，出玉门关步入丝绸之路的北道，经车师前往北庭（今吐鲁番西），向西南通焉耆（今焉耆西南）、乌垒（今轮台东）、龟兹（今库车）、姑墨（今温宿）、疏勒（今喀什），越过帕米尔高原，直达地中海东岸地区。丝绸、美玉，在这条异常艰苦的道路上如同信念中的水源滋润着人们的心田，把人们疲惫的脚步带入生命的绿洲。而玉门关，正是希望的开始。

1907 年—1915 年，英籍匈牙利人斯坦因先后两次对敦煌的长城烽燧进行考察发掘，共获得汉代简牍 789 枚。在小方盘城附近的黄土堡遗址发现的一枚汉简上清楚地写有“玉门都尉”字样，特别是在距小方盘城不到 90 米的一座古驿站遗址中还出土了大量文书。斯坦因根据出土的汉简和文书，认定小方盘城就是汉玉门关。

无论学术界的争论怎样向更加精确的方向迈进，并没有影响人们对那段辉煌历史的怀念。一种情感，一种寄托，只需要一个相应的对应物。人们千里迢迢直奔敦煌西北的小方盘城，在一座不起眼的黄土城堡下久久沉思，在无限荒凉的背景中，想象祖先的生活和追求，对自己的生存境遇，增添了几分坚强和自信。

城池的变迁，使真实的历史隐匿于黄土的深处。再次探访久远岁月的故事，荒草丛中空留几截残垣断壁，白云悠悠，鸟鸣凄凄，让人徒增几分悲伤。

在敦煌，大大小小的无名城堡不计可数，它们几乎无一例外地搁浅于沙漠戈壁的盐渍中，深陷不能自拔的荒芜。

从前的那些营房，那些马，那些充满愁思的征人，都远去了。荒芜，一步步逼近敦煌。

不断积累的生态危机

像所有的绿洲生态一样，敦煌的命脉是水。几千年以来，敦煌因为充足的水而晶莹明媚、富庶辉煌。而近 30 年以来，缺水似乎又是敦煌不得不面对的话题。敦煌的情形就是这样，有水就是绿洲，无水则是戈壁。

流淌在敦煌大地上的水，主要是河水和泉水。印度的哲人曾经说过：河流的交汇处是高尚的。敦煌，正处于两条河流的交汇处——西去的疏勒河，东来的党金果洛河。然而即使是在这样的水源中，敦煌仍然极度缺水。

党金果洛河，简称党河，流程 390 余公里，发源于祁连山西区的党河南山冰川群的北坡和南坡。水源主要由北坡冰川的冰雪融水补给。流经肃北、敦煌，浇灌和孕育了敦煌盆地的三角绿洲。1975 年党河水库建成后，库存水量为每年 4600 万立方米，有效灌溉面积为 32.1 万亩。

疏勒河是一条自东向西流向罗布泊洼地的内陆河，发源于祁连山。河水出祁连山的昌马峡后，北汇合昌马河，流经今玉门镇，折向西流入瓜州，从瓜州再流经敦煌北，汇合党河流至汉玉门关。疏勒河上游水势较大，但由于沿途渗漏严重，出玉门关后水势较小，至其下游已成为沼泽。据清人考证，疏勒河就是《汉书·地理志》中应劭注的冥水，昌马河则为古籍记载中的端水，两岸是古代丝绸之路的重要通道。《西域水道记》记载，康熙年间平定噶尔丹叛乱时，清军副都统阿南达就在疏勒河畔擒获了噶尔丹的部属。清初，疏勒河被称为苏赖河、苏勒河或素尔河。清朝统治者为夸大统一新疆的武功，引用我国历史上著名的西域古国——疏勒国的名字，改河名为疏勒河。经过近百年的考察，人

古疏勒河道

们发现疏勒河下游的沼泽地断断续续深入罗布泊地区，这说明古代的疏勒河是直接流入罗布泊的。而在今天，疏勒河从西湖羊桥子附近流入敦煌境内。瓜州双塔水库建成后，疏勒河除汛期有少量弃水流入敦煌外，其余时间都是干枯的。

泉水，一是从三危山南部盆地或山中裂隙渗出汇集而成的西水沟和东水沟的泉水。东水沟的泉水早已被利用，开垦了疙瘩井荒地，西水沟的泉水又名宕泉河，是莫高窟绿地的长年水源。二是古阳关一带的泉水，每年蓄放水 350 万立方米，有效灌溉面积约 2.7 万亩。古阳关一带的地势东南高西北低，泉水水量多年来没有太大的变动。

20 世纪五六十年代，敦煌春夏季降水多为细雨，秋季多为雷雨，冬季为阵雪。近十年来，敦煌四季天气变暖，雨雪降水量少而时间短，冬季几乎不结冰。6—7 月份是敦煌蒸发量最强的时段，蒸发量为降水量的 50—60 倍。

每年的七月中旬至月底，如果普降中到大雨，就有可能出现山洪暴发。如同敦煌人所说的“敦煌出现三层山（南望三危山出现黄、蓝、白三种颜色），定是洪水要跑天”。这时党河水能够流完古河道全程和疏勒河交汇，浇灌西湖的植被。

追忆流水光华

从广阔的荒野进入丰腴的绿洲，敦煌的情景，总有一种气若游丝的伤感。瓜州与敦煌的分界叫甜水井，荒芜像潮水一般漫延。在瓜州的疏勒河大桥，一条小溪无精打采地流着。事实上，在距离大桥不远的地方，它就被无垠的干旱吞没了。

曾经，疏勒河的流水奔腾而下直指敦煌，甚至抵达玉门关和遥远的罗布泊，碧波荡漾，涌起万顷草原。葱翠的绿洲，只有充足的水源保障，才能获得旺盛的生命力。而疏勒河正是敦煌的母亲河。而今，母亲河断流了，整个敦煌的情形发生了灾难性的变化。

敦煌东缘有一个小村庄，名字叫新店台。20世纪五六十年代，村庄的东沙窝全是一丈高的芦苇，孩子们闯入广阔的芦苇荡，一家人就会惊慌，会组织很多人去喊、去找，找到了，狠狠揍一顿，记下教训。因为这无边的芦苇荡是暗藏着无数风险的：芦苇荡里有青蛇、蜥蜴、野鸡、野兔子、狐狸和狼；芦苇荡太大，容易迷路；芦苇荡还有枯萎的芦苇秆，尖利如铁，不小心就会插入脚心；低洼处，有沼泽和泥潭……村庄里曾经有几个孩子结伴走进芦苇荡，等找到他们的时候，有两个被狼叼走了，只剩下一堆骨头，有一个吓得半死，落下神志不清的病症。

东沙窝的西面，则是碧波荡漾的新店湖，学名叫伊塘湖。清凌凌的湖水一年四季波光粼粼，尤其是春秋两季，潮水泛出，湖水更加充盈，大风吹过戈壁，吹向新店台，都有一种湿漉漉的味道。草肥水美，牛羊遍野。秋高气爽的日子，新店台的胶轮大车一辆辆赶进东沙窝，村上的男女老少齐上阵，收割成熟的芦苇，它们是牛羊冬天的好饲料。别的生产队没有这样的优势，只好用自己的特产——杏子、梨、桃子、葡萄等换取新店台的草料。后来，情况发生了变化，水似乎越来越少，春天的时候，乡亲们只好把伊塘湖的水引入东沙窝，浇灌快要枯萎的芦苇荡。这样的情形持续到了 20 世纪 80 年代初，芦苇荡就彻底枯萎了，取而代之的是光秃秃的东沙窝。东沙窝成了名副其实的沙窝子。伊塘湖也只有湖的名字，碧波荡漾的水时有时无，连季节湖都称不上了。

水，敦煌的一切都归结于水。就是这样一个小村庄，为了有更多的水，在 20 世纪 70 年代，全村的大部分劳力都背着铺盖卷和锅灶，去了距离村庄 30 多公里的东水沟，想把从东水沟流淌出来的涓涓细流拦蓄起来，使村庄的荒地得到灌溉。东水沟（又名树窝子）位于敦煌东南方向 45 公里处的三危山下。水是三危山南部盆地或山中裂隙渗出汇集而成的泉水。东水沟的水浇灌的那片荒地叫疙瘩井，到处都是疙里疙瘩的沙丘，而井则是一铁锹就能挖出水来的低洼地。如今，这个疙瘩井只有打机井才能抽出水来。每年春天，人们在这里播种棉花，夏末秋初再来采摘棉花，其他的时间，只有牧羊人看护着这里。牧羊人告诉我们，这里春天狂风不断，风沙弥漫；夏天阳光暴晒，人都不敢出门，太阳快落山的时候，才把羊群赶出去。

罗布泊前沿的生态之殇

2005 年 10 月，我第一次踏上了穿越罗布泊的探险之路。敦煌西去的道路，点点绿洲渐渐远去，取而代之的是无垠的戈壁。那原本是一条通畅的商道，却早已被沙漠、戈壁和盐渍所包围，成为茫茫的“死亡之海”。我一次次回望蜃景般的敦煌，觉得它似乎就要离我而远去，那汹涌的沙尘，一瞬间就会吞没它。这样的感觉，只有站在罗布泊边缘才更加深刻。

罗布泊海市蜃楼

即使如此，人们仍然肆无忌惮地蚕食着这块土地，成为生态大堤上的硕鼠。

到了2007年，敦煌以西广阔的戈壁沙漠却突然间热闹了起来。成群结队的人开着拖拉机、越野车在荒无人烟的戈壁上转悠。他们撬起一块块镶嵌于沙石层的奇形怪状的石头搬上车，像游击队员一样，来也匆匆，去也匆匆。

这样的情形，大约持续了一年之久。

这里正是罗布泊的前沿，人们习惯上称之为“罗布泊地区”。

他们在如此荒凉的地方做什么呢？他们是在掠夺式地寻找戈壁风凌石。

戈壁风凌石又称风砺石，是分布于荒漠戈壁滩的石块历经千百万年来风蚀沙砺、自然雕琢而形成的一种造型奇特、千奇百怪的天然石块，是敦煌西部与罗布泊接壤处的特有资源。

随着人们生活水平的提高和审美情趣的增长，沉睡荒漠的风凌石逐渐被视

敦煌的奇石市场

为珍宝，成为人们收藏赏玩的天然工艺品。

在敦煌沙洲市场商业一条街，莫高窟、月牙泉、古阳关、玉门关和雅丹地质公园等旅游景区，兼营风凌石的商业店铺多达 30 余家。在敦煌沙洲市场，一块风凌石的售价从几十元至几千元甚至更高，风凌石经营者一年仅销售石头的收入少者几万元，多则可达几十万元甚至上百万元。

阳关镇的一位采石者透露，在阳关镇和沙州镇，有十多个商贩长年从事采石活动，主要批发给本地市场和四川、广州等南方的商贩。

从近年来查处的采石案件来看，采石者 80% 来自新疆哈密，因为哈密、乌鲁木齐等城市还有更大的奇石市场，经销风凌石的商家更多，规模和销售量远大于敦煌市场，而采石地点目前首选敦煌西湖和敦煌前沿的罗布泊地区。

有人说，戈壁上的石头有的是，本来就是寸草不生的地方，挖几块石头算个啥？这使我想到了很多年前与一位老牧民的对话。那是一片很古老的绿洲，老人在绿洲上亦耕亦牧。他种了十亩地，放了三百只羊，一辈子没有改变过这个数目。我问老人："为什么不开垦些荒地，多收点粮食？"老牧人只说了一句话："戈壁就是戈壁。"

是的，戈壁就是戈壁。也可以触类旁通，沙漠就是沙漠，草原就是草原。对于那个老牧人来说，绿洲就像他的身体，能承载多少重负，他自己清楚，因而，对于我的疑惑，他只简单而坚定地说了一句："戈壁就是戈壁。"

想想这么多年，虽然我们的宏伟理想不同程度地变为现实，但我们所付出的环境代价也是触目惊心。一场紧跟一场的沙尘暴，一次又一次生态灾难，一个物种又一个物种迅速消失。我们不禁要问：是谁打开了潘多拉的盒子？

答案还得回到那句话：戈壁就是戈壁。戈壁的地表生态是经过亿万年的漫长岁月才形成的。一经破坏，要想修复几乎不可能。戈壁的存在，荒芜的存在，是整个葱茏生机的组成部分，我们不可想象把整个世界都种上麦子，我们也不可想象全部的陆地都是森林。

从罗布泊前沿，我又联想到了我生活的河西走廊地区，这里终年干旱少雨，葱茏的绿洲因为祁连冰川融水的滋润，千百年来，绿洲核心区的面积始终没有多少改变。人类雄心勃勃地对它随意改动的辉煌成果，也被搁置于荒芜的深处。那数十座废弃的古城堡，在几百年前还是人声鼎沸、谷禾摇荡，现在则是寸草不生、沙掩残垣了。

罗布泊一望无际的盐碱地

思绪再回到罗布泊

前沿。目前采石已经全面禁止，封滩育林、封滩育草的战役已经打响。我想，这是时不我待的敦煌生态保卫战。幸亏，敦煌和守护敦煌的人早早就想到了这些。

阳关脚下的国家级自然保护区

《汉书·武帝纪》记载:“元鼎四年六月,得宝鼎后土祠旁。秋,马生渥洼水中,作《宝鼎》《天马》之歌。”也就是说，在那个年代发生了两件事情：“得宝鼎后土祠旁”与“马生渥洼水中”。李斐注曰:“南阳新野有暴利长,当武帝时遭刑,屯田敦煌界，数于此水旁见群野马中有奇者，与凡马异，来此饮水。利长先作土人持勒绊于水旁。后马玩习,久之代土人持勒绊收得其马,献之,欲神异此马,云从水中出。”凡到过敦煌的人，都把这个历史事实当作传说，听得趣味横生。

2000多年前，敦煌界的渥洼水到底是一汪怎样的水，让一匹膘肥体壮的野马，引发了汉武帝的诗意？那种磅礴的气势，一直吹拂着边塞的草木。这汪渥洼水，不偏不离，就在大名鼎鼎的阳关脚下。

“西出阳关无故人”，王维的诗句，绝对没有这汪渥洼水的温存。一个“无故人”就把万千凄凉和荒芜凝结为浓得化不开的阳关情节，触之怆然而涕下。的确，阳关向西，满目的戈壁和沙丘让人惊怵，戈壁和沙丘的巨大背景中，那汪碧绿的渥洼水很容易被人忽视。尽管有汉武帝的《天马》之歌,但凛冽的朔风，还是把它吹到了人们的想象之外。

在西部广阔的干旱中，绿洲的情形总是如同显眼的惊叹号。戈壁和戈壁之间，沙丘与沙丘的对立面，璀璨的绿洲顽强地贡献着丰茂的植物，人在鼓荡的稼穑间升起活泼的炊烟。人与自然的和谐，会使艰苦跋涉的人流下欣喜的眼泪。渥洼可能就是这样成为绿洲的血脉，被人们感恩和神话着的。

相对于戈壁和沙丘，绿洲的风雨飘摇是显而易见的。阳关，作为东方文化

《驴子拳》图

罗布泊沙化的河岸

的一个标志性符号，它的陨落，其实就是绿洲的厄运。

汉帝国的边防哨所，那些曾经挺立于高岗之上的众多建筑，早已被夷为平地，考古挖掘中，揭开厚厚的浮土，才见真切的夯层。通过宽大的夯层，我们想见那些建筑的雄伟，如今，它们都在狂暴的风沙中灰飞烟灭了。

这个无法避开的史实，让土生土长的敦煌人谢建平忧心忡忡。作为敦煌环保的当家人——敦煌市环保局局长，当他走遍了敦煌界内的每一寸土地，这样的忧虑更加浓重。

罗布泊就横在敦煌的西部。曾经的湖泊，在20世纪初赫文斯定的考察报告中还是水波荡漾，仅仅过了几十年，就已是地球的“空白区”了，极端的干旱和荒凉，没有丝毫生命的迹象。

历史文化名城敦煌会不会如此呢？如果无视对环境的过去而汲取和利用，

难说。

敦煌严重缺水的局面已经摆在了当代敦煌人的面前。干旱的魔爪是怎样伸向敦煌的呢？这要从敦煌的地理说起。

敦煌南枕气势雄伟的祁连山，西接浩瀚无垠的塔克拉玛干大沙漠，北靠嶙峋蛇曲的北塞山，东峙峰岩突兀的三危山，面积 3.12 万平方千米，其中绿洲面积仅 1400 平方千米，平均气温 9.3℃，属典型的干旱气候。年降雨量只有 39.9 毫米，而蒸发量却高达 2400 毫米。

敦煌绿洲的地下水位从 1976 年到 2001 年共下降了 10.77 米，目前仍然以每年 0.24 米的速度下降。由于水位下降，导致绿洲区域的一些湖泽逐渐消失，原有的一万余亩咸水湖和一千余亩淡水湖，目前 80% 已不复存在。由于水资源短缺，党河每年的流量只有 2.98 亿立方米。由于地下水位下降，导致绿洲周边的荒漠戈壁上的植被逐渐枯死，绿色屏障逐渐退化。据敦煌市林业部门统计，中华人民共和国成立初期，敦煌的东湖、西湖、北湖和南山一带有天然林 219 万亩、草场 576 万亩、湿地 375 万亩，而目前，全市仅存天然林 130 多万亩，草场 135 万亩、湿地 270 万亩，分别减少了 40%、77% 和 28%。有一个吓人的数字：风沙每年“吃掉”绿洲 2 万亩。库姆塔格沙漠正在以每年三至四米的速度逼近敦煌绿洲，尽快实施大范围生态功能保护迫在眉睫。而流经玉门、瓜州的疏勒河被层层截流，到达敦煌已是强弩之末，荒漠化日趋逼近敦煌。

这样的情形随着时间的推移还在逐步恶化。

始建于 1992 年的敦煌西湖自然保护区，原为省上批准的省级自然保护区。2003 年 6 月，经国务院批准晋升为国家级自然保护区。2005 年上半年，敦煌西湖国家级自然保护区管理局正式成立。

敦煌西湖国家级自然保护区地处库姆塔格大沙漠东沿，与罗布泊相邻，面积 66.34 万公顷，占敦煌地域面积的 20%，是一个极为典型的内陆湿地、荒漠生态系统和野生动植物类型自然保护区。

在罗布泊干涸，塔克拉玛干、库姆塔格两大沙漠即将合拢的今天，敦煌西湖国家级自然保护区内大面积的荒漠森林与湿地植被，是敦煌绿洲赖以生存和发展的绿色屏障。

尽管如此，阳关一带的生态保护却是一个空白，这是谢建平最放心不下的。历史上，就是阳关和玉门关一带的湿地，养育了层出不穷的植物，这些植物遮挡沙漠东移，斩断了荒漠化的魔爪。谢建平查阅了无数的典籍史料，对阳关一带的环境变化了如指掌。汉时，阳关周边的屯兵达到两万多人，肥沃的土地被开垦，放牧的战马也有上万匹。可今天，阳关镇的居民只有4500多人。千年之后，因为人为的过度开发，这里已是绿洲萎缩，水源急剧减少了。

历史和现状，责任和使命，一次次把谢建平的目光引向阳关，引向那片逐渐消失的湿地。

那是一片多么珍贵的湿地，到处都是红柳、芦苇、梭梭柴。令人痛心的是，从20世纪50年代开始，建农场、开荒地，大肆砍伐，加之当地农民烧柴取暖都是就地取材，天然的绿色屏障被撕开了巨大的口子，这口子是敦煌的伤疤，更是谢建平的心病。作为敦煌市的环保局长，敦煌环保的当家人，他必须遏止这种势头的蔓延。

在他的不断努力和敦煌市委、市政府的大力支持与倡导下，1994年，经省政府批准建立敦煌阳关省级自然保护区。由于缺少资金，保护区内的基础设施建设严重滞后。2003年，谢建平先后5次上北京，8次跑兰州，向国家环保部和省环保局争取资金60多万元，并向市政府争取资金30万元，使保护区的各项基础设施建设从无到有，逐年完善，各项保护监管工作也已逐步走向正规化管理。

在抓好保护区监管工作和基础设施建设的基础上，谢建平认识到，要想使保护区的保护与建设有所成就，必须走晋升国家级自然保护区的路子。为此，他先后邀请北京大学、复旦大学、兰州大学、西北师范大学、中国环境科学院、省环科院、省地质环境监测院等多家高校和科研机构的著名专家和一批中青年科学家，多次对保护区进行科学考察和研究，获得了大量珍贵资料，初步摸清了保护区自然资源和生态系统概况，为保护区申报国家级自然保护区提供了重要的科学依据。在此基础上，保护区管理所向市政府汇报后，于 2006 年 5 月正式启动了晋升国家级自然保护区的申报工作。

2007 年 5 月，甘肃省敦煌阳关省级自然保护区申报资料顺利通过了省政府组织的专家评审。2008 年 8 月，国家环保部委派国家级自然保护区评审委员会副主任委员陈家宽教授来敦煌进行实地考察，陈教授认为甘肃敦煌阳关自然保护区已具备晋升国家级自然保护区的条件。至此，甘肃敦煌阳关自然保护区申报前期工作圆满完成。

当我们再次把目光投向那片古老的渥洼水，回味那个滋味悠长的有关天马的故事时，我们的心情是宽慰的。从此处望过去，那片天地的广阔是目光所不能穷尽的。在东经 93° 53'~94° 20'，北纬 39° 39'~40° 05' 之间，面积 8.8178 万平方千米的荒原上，生机正扑面而来，芦苇的生长正向着来势凶猛的沙丘攀缘。我们看到，沙丘的断面上，一丛丛金黄色的芦苇迎风摇摆，无限的朝气吹响了向沙漠进军的号角。

在过去的很长一段时间，人们对敦煌阳关自然保护区还是很陌生的。

这是一片自然地理中的坳陷之地，处于河西走廊坳陷地的西部边缘和祁连山的褶皱带，称得上是一块聚集水源、聚集阳光、聚集动植物的小盆地。

保护区由东南向西北倾斜，但总的地势平坦，包括低山地貌、山前倾斜平原过渡区、堆积区和沙漠戈壁 4 种地貌。区内没有大的山体分布，位于境内的龙勒山是由岩石积成的风蚀残貌，海拔 1312 米，总面积约 0.5 平方千米。这是史书上常常提到的山脉，汉代名将霍去病曾过龙勒，驱逐匈奴数千里。汉时设龙勒县，管辖着今敦煌南湖镇及阳关自然保护区的大部分地区。多处泉水露头汇集成泉水河流，加之阿尔金山和祁连山的冰川融水补给，最长的河流流经50多公里。此外有大小塘坝67座，湖泊面积164.84公顷，水量丰富时可达300公顷以上。

因为保护区党河冲积扇西沿地势低而地下水位高，海拔相较于党河河口低100米，故党河中下游渗入地下的水和南山沟系渗入地下的水以及冰川融水形成潜流，在阳关自然保护区内溢出，形成了大大小小数量极多的泉眼、水头或泉水群190多处。

保护区内为分布最广泛的土壤是风沙土。风沙土可分为固定风沙土和移动风沙土2个亚类，土壤中有机质含量很低且迅速矿化，许多风沙土区周围是盐土，在风力积盐作用下使土壤盐化且有坚硬的表层，人走在上面高低不平。

在山前砾石戈壁地带，地表为砾石、碎砾石所覆盖，呈现出黑色砾幂，土壤有机质含量很少，植被十分稀疏，有的地段甚至为不毛之地。在更大的范围内，植物们在顽强地生长着。

根据野外调查及有关资料，敦煌阳关自然保护区共有种子植物141种，5个变种（或亚种），分属于34科，99属。其中裸子植物仅有麻黄科麻黄属2种，即膜果麻黄和中麻黄；被子植物33科98属139种，其中单子叶植物7科22

敦煌莫高窟河谷的胡杨林

敦煌莫高窟的树林

属30种，双子叶植物26科76属109种。保护区的种子植物以藜科（14属24种）、禾本科（14属19种）、菊科（14属17种）、豆科（7属9种）、蒺藜科（4属8种）、十字花科（5属8种）、蓼科（3属6种）、柽柳科（2属5种）种类最多，它们多为保护区植物群落的优势种和建群种。除荒漠地区的优势种类外，还有许多湿地植物，如眼子菜、水麦冬、海韭菜、芦苇、香蒲、沼生柳叶菜、苔草等。种子植物中，有国家重点保护珍稀濒危植物4种，即胡杨、梭梭、裸果木、膜果麻黄，其中裸果木为国家二级保护植物。

这样一个庞大的生物种群，散布在广阔的保护区内，就疏密有致了。谢建平和他的同事们为了弄清植物的种群、分布和生长特征，几乎用双脚丈量了保护区的每一寸土地。他们采集标本，观察植物的生长期，每天都是一身土、一身泥、一身汗，尤其是湿地的蚊虫，咬一口，身上就鼓起一个大包。开朗活泼的汉子谢建平一说起这些，眼睛里就闪烁着泪花。但不管怎么说，阳关自然保护区的基础工作赶上来了，保护管理、科学研究、宣传教育、执法监督等各项工作都在紧锣密鼓地展开。

随着植物的恢复，水土保持的状态持续好转。保护区内已知鸟类有87种，哺乳动物35种，鱼类7种，且多数为我国西北地区特有种，林蛙和花背蟾蜍为我国特有种，其中林蛙被列入《中国濒危动物红皮书》。保护区内记录的爬行动物有14种，其中蜥蜴类10种，蛇类4种，昆虫近40种。已知的哺乳动物中，列入国家级重点保护动物名录的有岩羊、盘羊、黄羊、鹅喉羚、双峰驼、兔狲、猞猁等7种；列入IUCN保护名录的有岩羊、盘羊、黄羊、鹅喉羚、双峰驼、猞猁、五趾心颅跳鼠、三趾心颅跳鼠、长耳跳鼠、巨泡五趾跳鼠、虎鼬等11种；列入《濒危野生动物国际贸易公约》的有盘羊、狼、猞猁等3种；列入《中国濒危动物红皮书》的有盘羊、黄羊、鹅喉羚、双峰驼、狼、虎鼬等6种，其中多数为“濒危”等级。

大片的湿地为鸟类的栖息繁殖提供了良好的环境，是众多候鸟迁徙的重要驿站。其中列入国家级重点保护动物名录的有黑鹳、白鹳、白琵鹭、大天鹅、鸢、草原雕、猎隼、燕隼、红隼、纵纹腹小鸮、蓑羽鹤等12种；列入IUCN保护名录的有白鹳、蓑羽鹤等2种；列入《濒危野生动物国际贸易公约》的有黑鹳、白琵鹭、猎隼、燕隼、红隼、鸢、纵纹腹小鸮、蓑羽鹤等8种；列入《中国濒危动物红皮书》的有黑鹳、大天鹅、白琵鹭3种。

在渥洼池，在更远的水域，鸟儿们的自由快乐感染了我们，从摇曳的草丛看过去，一切都是那么和谐，那么美，就像敦煌壁画中描绘的极乐世界。音乐是无声的，气氛是热烈的，让人突然间对自己发问：这就是阳关吗？这就是阳关所在的荒芜吗？“劝君更进一杯酒，西出阳关无故人”，现在看来，与这些鸟儿对视，看它们活泼可爱的样子，比故人在身边，更多了些心灵的澄亮。至于酒，真想喝一碗酒，在这天高地阔、湖水荡漾、杂草丛生的大野，是可以一醉的地方。醉了，醒来，仍是精神上的陶醉。

与这些鸟儿们有着不解之缘谢建平，每天早晨天刚麻麻亮，就攀上简陋的观测塔，从观鸟镜中观察。为了建立鸟类的档案，谢建平还要拍摄下鸟的标准肖像，这可是一件不容易的事。一遍遍拍，一次次不如意。天时、地利、人和，一样都不能缺。谢建平告诉我们，在阳关自然保护区拍摄鸟类的最佳季节是秋天，这时候迁徙过往的候鸟和保护区的鸟类济济一堂，但它们在这里休养生息的时间只有几天，必须抓住机会，错过了就得等到第二年。一天之中，早晨和黄昏光线柔和，能够清楚地拍摄到鸟儿的神态，拍摄的照片层次分明。

敦煌秋末昼夜温差大，早晨起来，谢建平他们披上军大衣，在观测塔上一站就是几个小时，头发上、眼睫毛上全是白花花的寒霜。

阳关自然保护区的湿地不仅是敦煌市和莫高窟的第一道天然生态屏障，还是我国西部荒漠区重要的候鸟栖息地之一，是候鸟迁徙的重要驿站，为大量候

苏枸杞

蝰蛇

鸟栖息、繁衍提供了理想的自然环境，对南北候鸟的顺利迁徙和中转以及它们正常的繁殖和越冬提供了保证。明白自己肩负的责任，苦一点，累一点，谢建平他们都没有丝毫的埋怨。

说到保护区的发展前景，谢建平兴奋不已。他说，建立国家级自然保护区，只是保护区建设迈出的一小步，关键是考虑可持续保护的问题，处理好保护与开发利用的关系。讲到这里，他把自己的设想托盘而出：他们将选择保护区的沙漠地带，开垦至少 200 亩以上的葡萄园。葡萄在阳关地区的种植已经有上千年的历史，事实证明，葡萄的引种对于改善保护区的沙漠环境发挥了重要作用。一方面可以变沙漠为绿洲，另一方面能够涵养水源，增加经济收入，促进保护区的可持续发展。

保护区自然景观的多样性，囊括了物种多样性、生态系统多样性以及植物、动物、微生物的遗传多样性。沙漠与灵泉共存，金黄的芦苇、粉红的红柳，映衬悠远的天空，构成了庞大的荒漠中的植物园。加之渥洼天马的传说和闻名天下的阳关古迹，在保护区的缓冲区和试验区开展旅游观光，巨大的潜力不可小视。

我又想起了汉武帝的《天马歌》："太一贡兮天马下，沾赤汗兮沫流赭。"按诗中所描述的，这种流汗如血的马，应该是早已在中国境内绝种的汗血马。传说它日行千里，又称千里马。我在敦煌阳关自然保护区明显地感受到了汗血马的气质，不过，他们不是一匹或一群实实在在的马，而是以谢建平为代表的一批敦煌环保人，他们在古阳关下，为历史，为敦煌矗立了一座精神纪念碑。

西湖，此西湖非彼西湖

敦煌绿洲的四周均为戈壁沙漠，其外缘的四片湿地分别被称为北湖、东湖、南湖、西湖。现在东湖已经消失，北湖濒临消亡，西湖成为敦煌的最后一道生态屏障。

西湖，又名后坑，原为敦煌旧塞。这里有许多故址遗迹，还有不少大小不等的城堡。我们考察了其中一座烽火台遗迹和长城遗迹，它们修筑在路旁的一个小山包上，居高临下，顶部已经塌毁，从残存堆积还可看出这座烽火台呈方锥形，是用一层红柳枝和一层芦苇秆夹一层砂土版筑而成。随着两千多年岁月的流逝和风雨流沙的破坏，部分长城被夷为平地，多半长城保存了下来。这里的汉长城并无砖石结构，而是因地制宜、就地取材建造。敦煌北湖、西湖一带，生长着大片红柳、芦苇、罗布麻、胡杨树等植物，修建长城时，就用这些植物的枝条为地基，上铺土、砂砾石，再夹芦苇层层夯筑而成，并以此方法分段修筑，相连为墙。

站在烽燧和长城遗址前，我想起了《史记·大宛列传》中的一段记载：公元前104年，汉武帝为了求得良马，曾派大将军李广利攻打大宛。李广利率领数万兵马出玉门关后，因沿途缺粮，士兵死伤甚重，于是李广利上书汉武帝要求撤兵。汉武帝接信后大怒，立即派使者把守玉门关，并下令：“军有敢入者辄杀之。”李广利无法，只得率军退回敦煌。过去每读到这一段，总是百思不得其解，玉门关外是一片荒漠，数万军马如何能够驻扎，粮草又如何供应？真是百闻不如一见，站在敦煌旧塞上，一切恍然大悟！后坑周围几十公里，有湖泊，有树林的遗迹，驻扎数万军队是完全可以的。而在今天，我们呼唤、盼望那些

马刺盖

胀果甘草

碱蓬

梭梭

湖泊、树林再一次焕发青春的活力，鼓荡起明媚的春风。

西湖处于敦煌与库姆塔格沙漠交界的最前沿，每年库姆塔格沙漠向保护区东移 1 米—4 米，专家预测，用不了 50 年，敦煌就会被沙漠吞没，成为第二个楼兰。

这样看来，保卫西湖，保卫西湖湿地，就成了保卫敦煌的关键所在。

发现野骆驼

几百万年前，野骆驼的祖先生活在北美洲的沙漠地带，其中一部分向南迁徙，逐渐形成了羊驼等南美洲特有的动物。另一部分越过白令海峡，进入亚洲中部定居下来，逐步进化为今天的野双峰驼。还有一部分骆驼祖先继续向西、向南，在阿拉伯和非洲的沙漠地带形成了一个新的物种——单峰驼。

大约 4000 年前，人们开始驯化野骆驼。经过几千年的家化饲养，家骆驼在遗传基因上发生了一些变化。而继续生活在沙漠戈壁深处的野骆驼，仍然保持着祖先的某些特征，成为今天陆地上唯一能够饮用咸水生存的哺乳类动物。

一百多年前，人们认为野骆驼早已消亡，直到 20 世纪五六十年代，科学家们在新疆的罗布泊发现了野骆驼的踪迹，后来经过四十多年的艰苦调查，才摸清了野骆驼的生存情况。它们是十分珍稀的野生动物，现在世界上只有 800 多头，比大熊猫的数量还要稀少。

野骆驼是西湖国家级自然保护区最为重要的保护对象之一。由于它们生活的区域大都在渺无人烟的沙漠戈壁，要想发现它们的踪迹可以说比登天还难。

保护区的一些地方生长着茂密的胡杨林。胡杨是西北干旱地区特有的乔木，根系特别发达，只要地下水位高于六米，胡杨就可以生存。在胡杨林里，还夹杂生长着红柳、骆驼刺、盐穗等野骆驼喜爱的植物。加之阿尔金山融化的雪水沿着岩层潜流到这里涌出，形成几十个大小不等的泉眼，可以说，保护区成立以来，不断优化的环境，为野骆驼的生存创造了良好的条件。

在人们的期待中，野骆驼出现了。这个消息令人振奋，表明西湖国家级自然保护区已经成为野骆驼的栖息地。

每年春秋两季，西湖保护区管理局的工作人员就要进入保护区的核心地区，搜集野生动植物资源的有关数据，尤其是野骆驼的生活状况。

西湖国家级自然保护区因为野骆驼的加入，多了一份神奇，多了一份生机。

月牙泉，敦煌生态的晴雨表

敦煌的生态环境，月牙泉是晴雨表。

月牙泉位于甘肃省敦煌市城南 5 公里，地处东西绵延 40 公里、南北广布 20 余公里的鸣沙山腹地。文献记载，清朝时这里还能跑大船。20 世纪初有人来此垂钓，曾撰文记述 :“池水极深，其底为沙，深陷不可测。”一直到 20 世

月牙泉

月牙泉的水位桩

纪 50 年代，月牙泉都没有大的变化，最大水深 9 米，湖面 22.5 亩。20 世纪 70 年代中期以后，由于人口增长与当地经济的发展，敦煌生态渐趋恶化，林木死亡，绿洲萎缩，在敦煌地下水位急剧下降的整体背景下，月牙泉水位也持续走低。月牙泉存水最少的时期是 1985 年，其时，平均水深仅为 0.7 米—0.8 米。为了保住沙漠奇观月牙泉，近年来，敦煌市采取了多种措施保护当地生态环境，如禁止开荒、禁止打井、发展高效节水农业等。这些措施取得了一定效果，但没有从根本上遏制住月牙泉逐年“消瘦”。有人预言，如果敦煌地区生态继续恶化，地下水位继续下降，月牙泉将面临干涸的危险。

2008 年 3 月初，敦煌市实施的月牙泉应急治理工程部分投入使用。从 3 月 16 日起，月牙泉水位出现回升，截至 30 日 9 时，水位已达 1133.425 米（海拔高度），平均水深 1.05 米左右。另外，月牙泉东北面的低洼处也出现了渗水，形成了一个近半亩的“小月牙泉”，“二泉”同处，相映成趣。

如今，月牙泉的水位在不断上升，泉水四溢，已经看不出一湾碧月的模样。听当地的朋友说，前一阵子，因为雨水充沛，月牙泉里的水溢出湖面，漫到了沙山脚下。

私密的庄园

——记瑞安堡

在河西走廊东北部，有一块被腾格里沙漠和巴丹吉林沙漠包围着的绿洲，这就是民勤。沙暴肆虐，地广人稀，但当石羊河的碧波冲破重重阻碍，浸入戈壁沙漠时，一切都发生了改变：绿树成荫，阡陌纵横，炊烟缭绕，有着世外桃源的意境。

近年来，当人们的目光再次投向这块偏远的土地时，生态恶化加剧，环境保护刻不容缓。人们惊讶地发现，是民勤，像一块晶莹的翡翠镶嵌在腾格里沙漠和巴丹吉林沙漠之间，阻止了两大沙漠的合拢，筑起了千里河西的绿色生态防线。

在人们的广泛关注中，有一座年代并不久远，但建筑形制十分独特的景观——瑞安堡——渐渐浮出，它凝聚了一方水土的精华，为人们展示了民勤绿洲的魅力。

中国人喜欢将自己的住所与生产生活经验、审美诉求等紧密结合起来，一套宅院既是物质实用的形态，又是精神的栖所，它的私密性不容置疑。瑞安堡也是这样。

应该说，瑞安堡是整个中国西部庄园的典范，集古今中外、南北建筑风格于一身，融军事防御和日常居住为一体，其规模浩大，设计精巧，造工奇丽，古朴典雅而又富丽堂皇，令人叹为观止。

瑞安堡

瑞安堡俗称“王团堡子”,位于民勤县城西南郊 3.5 公里处的三雷镇三陶村，建于民国二十七年（1938），全国重点文物保护单位。原系地方保安团长、地主王庆云（字瑞庭）的庄堡，故取“瑞”“安”二字为堡名。

从功能上看，瑞安堡本是民国初期一位暴富乡绅的私家庄园，占地 5000 多平方米，大小院落 8 个，高脊瓦房 140 多间，亭台楼阁 7 座，墙高 10 米，堡坐北向南，南北长 90 米，东西宽 56.5 米，占地面积 5085 平方米，建筑面积 2394 平方米。院内机关重重，暗道无数，如同迷宫，是一座防御功能缜密、完善的庄园城堡。

爬上角楼俯瞰堡内,整体布局取意于“一品当朝”四个字。横式前院为“一”字,中院及左右后院为“品”字,堡门、南北文武角楼、前后内院正好是“当”字,“朝”字建筑较隐匿，只有“日”“月”。南北墙一高一矮，称作“凤凰单展翅”，寓意展美姿而不飞走，把美好的愿望与建筑形制巧妙地融合在一起，体现了东方建筑美学的精髓，实为整个西部民居建筑和城堡建筑中的精品。

堡内的望月亭、绣花楼、双喜楼、逍遥宫等建筑，也在极尽阐释着空灵、美妙、自由的生活追求，一一观览，似乎人间一切烦恼皆可抛却，安宁幸福的日月充盈其间。

作为防御工事，堡内设有暗道、暗室、射击孔等设施，宽 1.6 米、高 3 米的暗道夹层在堡内纵横交错，长达 60 米，角楼及护墙上装满了射击孔，设计巧妙，里大外小。外面枪弹很难射进，墙顶通道宽可跑车，防火防攻设施齐全，可谓铜墙铁壁，固若金汤。作为私人庄园，瑞安堡设计精美，规模宏大；作为军事防御建筑，瑞安堡结构严谨，进退自如。它既有古建筑的雕梁画栋，又有现代建筑的实用美观，巨细相谐，错落有致，超凡脱俗，美不胜收。

那么，如此偏僻的民勤，为什么会有如此缜密奢华的建筑呢？这还要从历史上的民勤说起。

瑞安堡

其实在古代，民勤是个水草丰美的地方。因地处戈壁沙漠，温差较大，瓜果的含糖量高，民勤被誉为瓜果之乡，闻名遐迩。为了躲避战乱，很多西域少数民族游牧者逃难到了民勤。同时，很多内地人或被派戍边，或遭流放，纷纷穿越漫漫荒漠至此，民勤一度成为游牧文化和农耕文化的碰撞交融之地。

据《民勤县志》记载，明永乐十五年（1417），全县共有2413户，6517口。明嘉靖二十年（1541），有1871户，3363口，人口减少了50%。清乾隆时，全县人口近7万。清道光年间，全县人口达18万。民国时期，因瘟疫、饥荒，先后有大批人逃难于内蒙古、新疆、宁夏等地，至民国二十九年（1940），人口下降到11.1万。1948年，全县人口仅余10.4万。据县志记载，当时生活在内蒙古、宁夏、新疆等地的民勤籍人约有50万之众，有“天下有民勤，民勤无天下”之说。人口的大流动，促进了文化的大交流，为民勤人开阔了眼界。

民勤为丝绸之路的北路驿站。以县城为中心，西通新疆，北达包头，东抵兰州、汉中。商贸运输主要靠骆驼驮运。明代至民国时期，民勤商驼队所走路线为：东北经北衙门（阿拉善左旗王爷府）、包头、张家口至北京、天津；东南经武威、兰州分抵泾阳、汉中、西安、河南；南经青海至西藏；西经哈密、乌鲁木齐分抵北疆、南疆；北路直达蒙古。

一代代骆驼客们走南闯北，从民勤运出甘草、沙枣、食盐、枸杞、沙米等土特产，运来铜铁、棉花、丝绸、布匹、药材、木料及各种生活用品。在长期与沿途各地人民商贸交往的过程中，骆驼客们不仅了解了当地的风土人情、生活习俗，而且给民勤的经济繁荣带来了活力，使大量的钱财和物资在民勤聚集，因此才有众多的财富积累，最终建成了瑞安堡这样庞大而精致的建筑。

搁置于荒野间的文明
——锁阳城探秘

甘肃瓜州锁阳城镇东南的戈壁荒漠中，海拔 1358 米的山前冲积带上大片茂密的红柳丛中，掩映着一座庞大的古城。这就是锁阳城。

在这人迹罕至的荒芜中，怎么会有一座庞大的古城池？它往昔的辉煌又是一种怎样的情形？一层层迷雾，在微风吹拂的红柳中显得扑朔迷离。

从绿洲走向戈壁，从戈壁走向一座古城池。两千多年的沧海桑田，我们无法从景色单调的荒漠中一一阅读，只能从浩繁的典籍中寻找蛛丝马迹。

汉武帝一鼓作气荡平了北方匈奴的侵扰之后，又以大无畏的气魄，在河西走廊筑长城、建四郡、据两关。在宏大的历史背景中，一座城池拔地而起，阡陌纵横，高大雄伟的气势夺人魂魄。

公元前 111 年，对于锁阳城来说，充满了无限的机遇。这一年，汉王朝置敦煌郡冥安县。《晋书·地理志》记载:“元康五年，惠帝分敦煌郡之宜禾、伊吾、冥安、渊泉、广至等五县,分酒泉之沙头县,又别立会稽、新乡,凡八县为晋昌郡。”由此冥安县治升格为晋昌郡治，这就不免对城址的规模、建筑规格、防御功能等方面提出新的要求。于是，低洼潮湿、不利防守的旧城冥安县治迁到了锁阳城新址，一座城池从此掀开了辉煌的一页。

那时候的锁阳城，居于阡陌纵横、绿荫绕野的古绿洲中心，是丝绸之路上雄踞酒泉（肃州）与敦煌（沙州）之间，西通伊吾、北庭，南通青海。

锁阳城的北部城墙

那么，几个世纪以来，名震西域的锁阳城怎么就彻底衰败，继而荒芜了呢？

今天人们所知道的锁阳城，其名称的来历始见于清代小说《薛仁贵征西》。这是一个惊心动魄的故事，说是初唐时，太宗李世民命太子李治和名将薛仁贵进征西域，兵临城下，想要一举攻克此城。不料，却被哈密国元帅苏宝同大军层层包围，虽经苦战仍不能突破重围，只能固守待援。苏宝同一看不能即刻取胜，便下令断绝上流水源，逼河改道，使锁阳城一带的田园荒芜。在外无援兵，内无粮草的情况下，薛仁贵发现城区内外遍生锁阳，块根肥满，既可充饥，又可解渴，便令士兵掘而食之，一直坚持到援军赶来解围之时。后来为了纪念锁阳城解救三军将士性命一事，就把苦峪城改为锁阳城。可见在朝代更迭的年代，锁阳城是烽火连绵的战场。

到了明朝，封闭嘉峪关，关外瓜州被遗弃。锁阳城遂被吐鲁番满速儿部落占领。其后蒙古、哈密等地少数民族群雄角逐，战争的倾轧，使锁阳城生态遭到了毁灭性的破坏。

就这样，一座城池留给我们的只是夕阳的灿烂和夕阳下残垣断壁的诉说。

尽管如此，走进锁阳城遗址，我们仍然能够辨别曾经的辉煌。

地理环境的险要，据守要冲的威严，城市布局和建筑艺术的雄伟壮观，建筑的密集以及其强烈的整体性、封闭性和防御性的特征，都使它不失为中国古代西部城市当中最具特色的典型标本，说它是目前我国保存最为完好的汉唐故城，一点儿也不为过。

人的纪念碑是历史，历史的纪念碑是人。锁阳城这座高大无比的纪念碑，那些坚忍不拔的屹立荒野的遗迹，正是人与历史的共同写照。

鸟瞰锁阳城，内城是不规则四边形，长宽竟有一里许，面积 28.5 万平方米。残存的墙基宽 19 米，残高 9 米—12.5 米不等，顶宽 3 米—4.5 米。城内偏东筑有一道隔墙，将内城分为东城和西城两个部分，隔墙北段设有城门，是通往内城东西两部的通道。东侧和南墙各有 5 个马面。内城四角均有角墩，西南角和西北角各设一个瓮城，西墙中段和北墙中段各开一城门。城门处均有瓮城护卫，从四个瓮城设置的方位看，这里是城市建筑的重点防区，这一独特的形制在国内尚属首例。

荒漠上的锁阳城

大将薛仁贵雕塑

在内城西北角，有用土坯砌成的一座瞭望墩，高达 18 米，这是锁阳城遗址的标志性建筑，也是该城瞭望敌情、俯瞰全城的制高点。

内城的西城布满了大大小小的房屋遗迹和灰碳层堆积物，内城的东城相对平坦，房屋遗迹和灰碳层堆积物相对较少。从内城的东城和西城的位置及遗迹看，东城为衙署所在地，也是该城最高指挥机关的所在地，西城应为低一级的军政管理人员的居住区和活动区。从西城残存的灰碳层遗迹看，也有部分锻冶作坊炉灶的遗迹。

外城平面呈不规则长方形，东墙长 530.5 米，西墙长 649.9 米，南墙东段长 497.6 米，南墙西段长 452.8 米，北墙总长 1178.6 米。墙基宽 4 米—6 米不等，残高 4 米—11 米不等，外城的西墙中段和内城西北角墩处有一道东西向的墙体，将外城分为南北两城。从建筑规模与现存遗迹看，外城应为唐代鼎盛时期的建

锁阳城一角

锁阳城的标志性建筑——角墩

锁阳城内的残瓦

筑遗迹，该墙体被损毁后，后期没有明显的修补夯筑痕迹，城墙坍毁部分约占全城三分之一，尤其是外城的南城损毁最为严重，损毁的主要原因是该城南面山前的暴雨形成的洪水将墙体冲毁，外城内的房屋建筑遗迹多被洪水冲毁，只在南城的东侧可见部分建筑物和院落遗迹。

如此规模的城市，既有军政管理人员和军卒，又有各种作坊和市民，据专家考证，锁阳城的鼎盛时期，居民有十余万人。十万之众，人们的生活供应和精神需求是如何和谐统一的呢？

在内城东、南、北墙外侧，我们看到了一处特殊的建筑，这处建筑墙体残高 1.6 米—3.2 米不等，墙体厚度 1.5 米—2.2 米，属于内城的附属建筑，是唐代城市形制之一。这就是羊马城。它不仅是战时的防御工事，还是整个城市的养畜之所。夏秋季节，羊群和战马可以放牧原野；到了冬春和战时状态，羊和马安居于羊马城，既安全又环保。

锁阳城东南 51 公里处的昌马冲积扇缘山口处的河流，发源于青海省的疏勒南山，汉代称冥水，唐称籍端水、独利河、苦水，清代称疏勒河，为锁阳城提供了丰富的水资源，也为锁阳城周边的农业开发创造了有利条件。锁阳城一带保存了我国目前最完好的汉唐时期的农业灌溉体系遗址。这个遗址包括众多的疏浚工程、拦水坝（都河）、总干、支渠、斗渠、毛渠等。据粗略估计，锁阳城干渠和支渠的总长度大约 90 公里，在干渠和支渠的两侧随形就势，因地制宜，又修筑了许多斗渠和毛渠，灌溉了锁阳城周边方圆 60 平方千米以内的耕地。

有了畜牧，有了水，有了科学合理的灌溉体系，一座城池就有了繁荣昌盛的根基。

东距锁阳城城址一公里，现存大塔一座，小塔十一座，寺门南向，东西两侧保存了鼓楼及钟楼建筑台基各一座、僧房数间，院墙平面呈正方形，面积 10000 平方米，这就是塔尔寺。它是唐、五代时期，瓜州城官员和居民进行宗教活动的重要场所，据说“凡有许愿，莫不灵验”。

寺院前部中心位置有大型庙宇建筑台基，其北面有一座高 14.5 米的大塔，用土坯砌成，白灰抹面，造型与高昌古塔较为相近。塔形庄严雄浑，十分壮观。据当地老人说，20 世纪 40 年代，塔身被俄国人拆开，盗走了大量的经卷及字画，数月内，散落的经卷遍地飘零。据《大慈恩寺三藏法师传》记载，高僧玄奘法师赴印度取经路过瓜州，在此讲经说法月余。

至此，一座城池已经为我们展示了暗藏于荒野中的奥秘，同时，它璀璨夺目的精神世界也为我们提出了未来的命题：文明之所以为文明，在于它是人类共同的美、共同的见证、共同的价值观，哪怕是一处小小的遗迹，我们都应该小心翼翼地呵护它。

瓜州东千佛洞：盛藏西夏的灵魂

从山谷走向洞窟，光秃秃的山崖，目光扫过去，就能立刻停留在几处洞窟的门帘上。沿着缓缓的山坡拾级而上，走进幽暗的洞窟，你会眼睛一亮：一幅壁画上，观音菩萨宛如一位盛装的美丽少女，自由自在地坐在水边石上。她的一只脚下垂，踏着水中的莲花，身后有很大的圆光。暮色苍茫之中挂着一轮明月，观音菩萨正在俯视着碧波中的月亮倒影。在绿水的远处，是峰峦叠嶂，再加上整个画面之中云烟缭绕，使人们仿佛身临缥缥缈缈的仙境一般。

这就是水月观音，纯洁的东方神女。在如此荒芜的山谷，纯粹的宁静中散发着纯粹的美。

据历史记载，水月观音像最初是由盛唐著名画家周昉创作而成，它参考了《华严经》等书中的描述。“净渌水上，虚白光中，一睹其相，万缘皆空。”如同唐代著名诗人白居易的描述，这里的水月观音画使信徒们不仅可以从中得到美的享受，还能自然悟出画中的哲理。

这些壁画出自甘肃瓜州东千佛洞，当岁月的风尘散去，它隐藏了一个王朝宁静的笑容和梦想。

长山子是东西走向，峡谷南北横亘。这里地处偏远，鲜有人迹，戈壁和荒漠隔绝了它与现世的联系。在峡谷的悬崖断壁上，分布着 23 座洞窟，其中东崖 9 窟，西崖 14 窟，保存有壁画塑像的 9 窟。这些洞窟，统称为东千佛洞，又

长山子峡谷

名接引寺，因位于敦煌千佛洞和安西榆林窟以东而得名。

东千佛洞始建于西夏时期，这与西夏时期在安西（古瓜州）设立瓜州西平监军司有密切的关系。这里一度成为统辖河西地区政治、军事和文化的中心，这也是东千佛洞的西夏佛教艺术远胜于敦煌莫高窟的重要原因。

东千佛洞坐落在荒僻的山野河谷之间，并不代表参拜者稀少，相反，愈是旷远之地所蓄养的宁静，才能冲淡尘世的烦扰。从窟区内发现的修行窟和僧侣墓穴来看，从东千佛洞风行开窟之时，入山修行就已蔚然成风。东千佛洞远离村镇，从山谷抵达最近的绿洲也要二三十公里，善男信女们在这里打了四眼水井，现在水井的遗迹仍清晰可辨。这样干旱的山谷，地表和地下全是坚硬的鹅卵石，要挖出一眼井来多么不容易，这其中渗透了修行者的功德。

从河西和全国的西夏壁画艺术综合情况来看，东千佛洞的佛教艺术代表了西夏佛教艺术的最高成就。但是，在如此偏远荒芜的山谷，为什么会留下西夏王朝的心灵史呢？

西夏帝国是公元 11 世纪到 13 世纪，在我国北方建立起来的以党项族为主体的少数民族政权，共历 10 帝，享国 189 年，在政治、经济、文化等方面都取得过辉煌一时的成就。疆域最盛时“东尽黄河，西界玉门，南接萧关，北控大漠”，辖境相当于今宁夏全境，甘肃、青海大部，陕西北部和内蒙古西部及蒙古西南部等部分地区。在这 189 年里，西夏为我们留下的文化遗产数量是相当惊人的，而佛教的石窟寺艺术就是其中灿烂的一页。

河西走廊地区自古以来就有开凿石窟的传统，到了西夏，由于缺乏能工巧匠，因此，西夏时期的石窟在相当程度上是对北宋原有艺术的学习和模仿，并且对过去的石窟寺加以保护、装饰和利用。到了中期以后，才逐渐形成了具有党项民族风格的壁画艺术。穿着党项民族服装的世俗供养人也手拿鲜花，被画在了庄严佛殿的壁墙之上。

公元 12 世纪下半叶，西夏国发生了内乱，当时的皇帝李仁孝一度被迫迁居到了敦煌和瓜州一带，整日祈祷佛祖保佑，大造功德。于是，西夏独立开凿的新洞窟就在这个时期出现了。

想当年，西夏的铁骑横扫河西，这寂寞的山野肯定是忽略不计的，偏远而荒芜，注定了它的寂寞与萧条。只有那些苦苦追寻真理的信徒

瓜州东千佛洞壁画唐僧取经图

壁画说法图

们，他们的信念找到了归宿，内心的宁静与这里的环境合二为一，一阵抑制不住的惊喜更加坚定了他们的意志。风霜雨雪、夏天的酷热、冬天的寒冷，都没有击退他们，他们叮叮当当的开凿之声响彻整个山谷，如同他们的誓言，在陡峭的山崖留下了辉煌的篇章。他们中间，可能有国内一流的画师，有流浪的苦力，有虔诚的皈依者。开凿洞窟的花费，除了修行人的无私奉献，西夏的贵族和豪门是第一出资人，亦不排除政府的投资。

高僧在西夏具有很高的社会地位，供奉高僧是西夏社会的普遍习俗。在东千佛洞，肯定有不少高僧前来参禅悟道、讲经说法。就像第四窟，其窟形和壁画布局同佛窟相似，但在中心柱正壁开凿一覆钵塔形龛，画一身高僧像，这种形制通常用于舍利塔，是为了纪念某高僧而建造的影窟。

东千佛洞西夏窟的形制多为中心柱窟，由前室和后甬道两部分组成，也有的洞窟在窟后外侧又开凿可以绕行的通道。

观音曼陀罗、文殊变、普贤变、净土变、药师净土曼陀罗、水月观音、供养菩萨、八臂观音、十一面观音、绿度母、金刚、力士、接引佛、舞伎……壁画虽已斑驳，但那些佛界人物却栩栩如生。东千佛洞壁画的宗教内容汉藏结合，显密双修。从绘画题材上看，有宗教故事画、尊像画、经变画、各种曼陀罗、供养人、伎乐、装饰图案等。从内容上看，主要表现释迦的成道和寂灭。尤其是几幅涅槃变，惟妙惟肖，万千情状跃然纸上：诸天人众闻知释迦将涅槃，纷纷前来作供养；释迦寂灭，神态安详；诸天弟子举哀，悲痛欲绝，神态各异，生动感人，或泪流满面，或抱头痛哭，或咬断舌头，或抓破脸面，或昏厥不醒，或悲痛过度……

实际上，这条山谷最浪漫的色彩，已经定格在黑暗的洞窟里了。但无论是那些艳丽的壁画，还是那些夸张的雕塑，都尘封已久，没有了往日的顶礼膜拜。壁画和雕塑，倾注了党项人无限的情思与理想，让人感到无处不在的思想的力量。

西夏的画师们在这渺远的山谷忍受寂寞，把心中对理想世界的理解描绘于阴暗的洞窟，他们的内心是愉悦的、光明的。

塞外金关：打开一条河流的钥匙

当蒙古高原的风猛烈地向南推进，那些携裹着的沙石铺天盖地地淹没了无数的草原和绿洲。但当它们沿着阿拉善台地继续南下的时候，却突然间温柔、潮湿、羞涩。这里，一条河流蜿蜒穿梭于大漠戈壁，使荒芜的土地逐渐染上了绿色。仿佛是为了守卫这些难得的绿色，沿河的城堡剑拔弩张，似乎连一丝风也透不过去。这些城堡，为中国文化贡献了一个坚固不摧的词汇——固若金汤，说的就是一条河流的防御体系——肩水金关、大湾城、地湾城以及与之相联系的河西走廊北部长城。

这条河流就是赫赫有名的黑河。它是河西走廊水量最大的河流，也是我国仅次于塔里木河的第二大内陆河。

黑河发源于祁连山的北麓中段，依次纳山丹河、梨园河、摆浪河、讨赖河之水，穿甘肃省临泽县、高台县，跨正义峡进入金塔县内，最终注入内蒙古居延海，总长度800多公里。

金塔地处河西走廊西端、巴丹吉林沙漠边缘，是古代丝绸之路的重要驿站，被誉为“航天摇篮”“胡杨之乡”“汉简故里”。这里，汉塞、金关的残垣断壁里，有金戈铁马、鼓角峥嵘的苍茫岁月；这里，既有传承千年的农耕情调，又有碧水蓝天相映、鸟语花香相依、瓜果美食相伴的绿色田园生活。

是黑河造就了金塔的富庶。黑河流入金塔县的天仓之后，折向西北茫茫的

汉长城一角

戈壁，不息的波涛直指内蒙古额济纳旗。这一段河流，就是历史上赫赫有名的弱水。在《尚书·禹贡》中，有“导弱水，至于合黎，余波入于流沙”的记载，更多的时候，弱水的概念已象征着整个黑河流域。

沿河设防滴水不漏

黑河是一个博大的体系，它从高大的祁连山中蓬勃流出，经戈壁、过盐泽、穿凹地，收纳万川之水，神奇地点化了荒芜的沙漠。在它广阔的区域内，绿洲起伏，葱翠的光泽就像熠熠生辉的宝石。因为有了黑河义无反顾的融入，整个居延地区，上演着一幕幕英雄辈出的历史话剧。

“居延城外猎天骄，白草连天野火烧。暮云空碛时驱马，秋日平原好射雕。”王维的诗句为我们展现了曾经发生在这里的生动画面。汉代的匈奴、唐代的突厥、西夏的党项、元朝的蒙古等民族，都在这块土地上扬鞭策马，南征北战，留下过自己的辉煌篇章。

不仅如此，就地理位置来说，它是联通中原和蒙古高原的枢纽。向北，它通过一片片断而不绝的绿洲连接北漠；向南，溯河而上，打通河西走廊，进入直入中原的交通线。

从历史上看，河西走廊的守备被历朝历代所总揽。尤其是西汉取得了对河西走廊的控制权后，强化了对重要河流、绿洲、隘口的防务，在这些地区驻守兵卒，修建城堡，设立军事基地，这些城堡和军事基地又与横贯边塞的长城连接在一起，形成了缜密的防御体系。

从河西走廊中北部的金塔县城向西，绿洲散尽，无垠的戈壁上，黑河时隐时现。在岁月的深处，在那个冷兵器时代，黑河被牢牢地控制在了一个缜密的军事防御设施之内。同时，这个军事防御设施也是打开这条河流的金钥匙。

肩水金关与阳关、玉门关并称河西三关，是当时进出河西腹地，北通居延都尉府的咽喉门户，拱卫着南面的肩水都尉府即大湾城地区和位于地湾的肩水候官所在地等屯戍重地。肩水金关的主要建筑有两座对峙的长方形夯土楼橹构成的关门、烽台、坞和一方堡等。

阳关、玉门关是向西开放、推进的桥头堡，无数的商旅、使者从这里通过，走向西域和中原，各种物品和信息在这里交流、交换。而肩水金关、大湾城、地湾城却是一个死穴，它们必须如铜墙铁壁一般，扼守来自蒙古高原的侵袭。

据专家推断，肩水金关始建于汉武帝元狩二年（前 121）至太初三年（前 102），这一时期，汉王朝已经开始在河西走廊置官开渠、移民屯垦、经营西域了。

戈壁漫漫，风沙连绵，因为经年的岁月剥蚀，这些防御体系的主要建筑损毁严重。尤其是肩水金关，经过几次发掘，对遗址破坏极大，现仅存一烽台，台长、宽均为 8 米。今天，肩水金关只剩下一堆黄土了。面对这不起眼的黄土，你怎么也想不到，这就是赫赫有名的肩水金关。故址四周是戈壁荒漠，有零星适宜耕种的土壤，有极少有耐旱植物生长。黑河从故址旁边流过，一座废弃的城堡，已经没有了扼守一条河流的气魄。

考古研究者对肩水金关进行过有趣的复原。那个时期，肩水金关的主体是关门，是两座对峙如阙的长方形夯土楼橹，各方 6.5 米 ×5 米，基部砌一层大土坯。楼橹中间的门道宽 5 米。据出土遗物可知，立柱顶部即门道上面，曾有过桥或门楼等建筑。楼橹外两侧向北筑有土坯砌成的关墙。关门内西南侧有坞院，北长 36.5 米、南长 35.5 米、东残长 24 米。东南角敞开，或系坞门所在。坞西南角残存烽台和方堡，南北毗邻。烽台方 7.7 米 ×7.8 米，经重修，外壁贴砌土坯，内芯为早期夯土基。方堡 13 米 ×12.5 米，壁厚 1.2 米—1.3 米，门窄小，内有曲折迂回的夹道，两侧分布住室、灶屋、仓库、院落。

在那个年代，在巍峨的肩水金关，整个黑河尽收眼底，尽在可控之中。

2000 年的风霜足以淹没一切，肩水金关也不例外。

大湾城沿黑河东西两岸各居一城，形成著名的“肩水障”，扼守黑河要冲，水陆联防体系完整。大湾城和地湾城对大本营肩水金关具有重要的保护作用。

荒芜的戈壁上，大湾城和地湾城虽经历风雨剥蚀，但现存遗址防御体系健全，形成了以黑河为中心，长城护关城，城壕护外城，外城护瓮城，瓮城护内城，城城相护的军事防御体系。大湾城又分为东大湾城和西大湾城。东大湾城为汉代肩水都尉府所在地，平面呈长方形，南北长 350 米，东西宽 250 米，由内城、外城和障三部分组成，总面积约 8.7 万平方米，外城东垣保存较为完整。西大湾城距东大湾城 2 公里，两城隔河相望，面积为 180 米 ×210 米，墙由夯土版筑，其筑法与东大湾城完全相同，城内外地表有少量灰陶片和黑釉精瓷片。

地湾城北距肩水金关 700 米，遗址由三坞和一障组成，为肩水候官所在地。现仅存一障，平面呈正方形，边长 22.5 米。通过观察和仪器测量发现：地湾城、大湾城和肩水金关城池都是正南正北，这说明汉代的工匠修筑城池时已经使用

金塔大湾城

指南针定位。

肩水金关是汉朝初年在居延塞防线上设置的唯一关口。今天的人们可能百思不得其解，为什么会在如此遥远偏僻之地设置关口呢？

锁控北漠扼守黑河

如果从高空俯瞰，三城一关是河西走廊北口的一把“锁”，是开启黑河的钥匙。河西走廊两边以山峰为天然屏障。走廊的北侧，自东而西横亘着龙首山、合黎山和马鬃山，这就是通常所说的“北山”。北山山势低平，而且有几处豁口，强劲的风把大量的飞沙带进了河西走廊，形成了大片的沙丘，也为来自北方的敌人突入河西走廊留下了通道。

在自然地理中，合黎山与马鬃山之间地势平坦开阔，地貌以戈壁、沙漠为主，植被稀少，发源于祁连山的黑河南北纵贯。黑河两岸形成了大片冲积扇，这样肥沃的土地，这样可牧可宅的绿洲，谁不垂涎三尺？它当然会成为汉代中央政府与匈奴激烈争夺的要地。不仅如此，黑河东侧的巴丹吉林大沙漠与西侧的北山山脉构成了远控大漠、卫戍河西的天然屏障，而黑河贯穿其中，成为由蒙古高原到祁连山北麓丰美草地的南北通道。既是战略要塞，又是咽喉之地，因此，“三城一关”即黑河军事防御体系的构筑也就成为必然。

早在秦末汉初之际，匈奴的骑兵就是逆弱水南上而进入河西走廊的。霍去病第二次攻打匈奴时，也是从这个豁口涉过居延水，迂回西南，直进祁连山，打败了匈奴。由此可以看出，谁控制了弱水两岸，谁就控制住了自漠北乃至河西走廊，因此，牢牢控制河西走廊的北部豁口，对汉朝具有十分重要的意义。在构筑军事防御体系的过程中，根据走廊的地形，肩水金关、大湾城、地湾城正好处在这个豁口上，好似一把锁，紧紧“锁”住了这一豁口。

“三城一关”建于何时？从肩水金关出土的汉简看，其纪年的最早时间为汉武帝太初五年（前100)，与路博德修筑居延塞的时间（前102)仅差两年。但此时距匈奴败退漠北（前121)已有20多年的时间，匈奴对汉室的威胁已经解除，为什么还要设置关口，派重兵把守呢？

让我们来梳理一下黑河流域军事体系不断完善的历史：汉武帝元封二年至三年（前109—前108)，将汉长城从酒泉郡会水县北部的张掖郡下辖的肩水都尉府—大湾城向西修到敦煌郡龙勒县，同时修筑了肩水金关向北至殄北的居延塞墙，使肩水金关成为进出河西腹地、北通居延地区的咽喉。

汉武帝太初三年（前102)又遣路博德修筑了南从镇夷峡起，沿黑河东岸的毛目东山经肩水金关至狼心北山，再折向西达哈密北山一带的长城以及沿线的府县、城障、烽燧等设施，时称“居延塞”，这样就形成了以肩水金关为中心的比较完整而坚固的北部军事防御体系。与此同时，在酒泉郡的会水县内设置了北部都尉府、东部都尉府，张掖郡的居延县设置了肩水都尉府等军事机构，各都尉府都派重兵把守，尤其是肩水都尉所辖的居延及会水一带。自漠北战役后，匈奴单于王受汉王朝的军事压力不断向西迁移，渐与汉酒泉郡相逼，酒泉郡所面临的军事压力日益增大，而居延一带自然成为守卫河西走廊的战略要地。西汉王朝不断采取措施，强化这一带防务薄弱的环节。

太初三年（前 102)，汉武帝又派路博德在这一带修筑起障塞亭隧。居延塞的修筑不仅仅为酒泉等郡增添屏障，实际上更是汉军的一个前方基地。由于这里拥有宜农易牧的自然条件，很快就成为西汉边塞屯田的一个中心。这里也牢牢地控制了深入蒙古大漠最近的路线，为以后西汉王朝彻底逐匈奴于大漠以北创造了条件。

如此不厌其烦，如此层层设防，如此严关把守，如此缜密筑城，到了无以复加的地步。看来，汉武帝虽然打败了匈奴，使匈奴远遁漠北，但为了防止其死灰复燃，必须严防死守漠北匈奴的南下，从战略上彻底根除匈奴之外患。从这一点上看，“三城一关”是阻止匈奴南下的一道“卡”。

同时，河西走廊是历朝历代军事防御的底线，河西不保，中原危机。为了彻底消灭匈奴，保障河西地区的安全，“三城一关”的出入，有着最严格的控制线。从肩水金关处发掘的诸如通行证之类的汉简中可以看出，汉代的此类文书中对出入关口的人的年龄、身高、长相、肤色等都有着详细的记录，严格地控制着关内外的人口流动。这一方面是防止内地的人员，尤其是罪犯外逃；另一方面也是为了防止匈奴人混入内地。一道铜墙铁壁就这样在物质和制度的保障与支撑下耸立起来了。

兵马未动粮草先行，守卫国防，重在后勤供给。从这一点上看，扼守“三城一关”，正是守住了西汉王朝经营河西的“粮仓”。我们知道，汉时的居延和会水一带，正好处在黑河两岸的冲积扇上，水源充足，土质肥沃。汉武帝往河西移民，首先是从构筑黑河流域军事防御体系的角度考虑的。在先期的移民屯田中，主要以卫边为主，移民的衣食是国家供给的。随着河西以长城为主干的防御体系的逐渐建立，移民的活动便逐渐向农业生产转移。经过数年的开垦耕植，居延屯田成为汉时最享盛名的一处屯田，参与屯田的军队和民众达到了10多万人，这在当时是一个不小的数目。从居延汉简的内容看，居延一带的粮食充足，价格便宜，并有许多储存粮食的官仓。有了充足的粮食供应，“三城一关”就成为屹立于黑河之畔的钢铁堡垒。

汉长城烽燧

连绵汉塞贯通河西

一关一城孤悬，毕竟存在防御隐患。汉武帝征服了河西之后，加强了边塞设防，尤其是黑河流域的防御体系日臻完善。

在以“三城一关”（东大湾城、西大湾城、地湾城、肩水金关）为重点的防御体系中，长城发挥了重要作用。汉代先民修筑此段长城时充分利用天然地形，因地制宜。“或版筑土垣，或垒砌石墙，或倚高山峡谷等自然险阻，稍作整治，或筑栅栏、篱笆，或于小河、溪流处构水闸，以防偷渡。”现在毛目东山的南段已被巴丹吉林沙漠吞没，其余地段的城垣、壕沟、栅栏、篱笆及墩台也被风沙侵蚀。《重修肃州新志》载：“古长城在城北四百里。由镇夷东狼心山北，至哈密北山一带，有长城墩基一道，俗传为秦始皇所筑。然考秦筑长城，西起临洮，未尝至此。恐亦汉将路博德所筑……遗址犹存。”《肃州新志》载：“古长城在（肃）州城北四百里。由镇夷东狼心山之北起，西至哈密山北一带，皆

金塔生地湾

有长城，其包本州者，计长四百余里，又有墩基一道……今州城北三十里有边墙，而边墙北三百余里有弧红山，山外现有长城遗址。”

黑河防御体系金塔段的两段汉长城，现残留约 26.6 公里的墙体，并与 51 座汉代和 11 座明代重修的烽燧相连。汉代烽燧多呈底宽上窄的方柱形和梯形，大多就地取材，以当地的胡杨木、梭梭柴、红柳或芦苇、芨芨草为筋，其结构按用料和筑法可分为四种：一是用土坯砌筑，二是用砾石、石片筑成，三是用土坯包砌，内填夯土，四是用黄胶土夯筑而成，其夯层一般为 10 厘米左右，最厚处 22 厘米。现在保存较为完好的汉烽燧残高尚有 6 米—10 米，一般为 2 米—3 米，极损的还不及 1 米。

这两条汉长城的走向是精心挑选的，采用最为有效的路线，尽可能控制住戈壁绿洲、水草地带，阻止匈奴南进河西走廊地区。东面沿黑河南北走向，北面沿北山东西走向，正好把金塔绿洲控制在其范围内。边塞烽燧戍守是汉代戍卒最主要的职事。每个烽燧有一名燧长带领三至四名戍卒进行日复一日的巡视检查，日迹是戍卒的每日事务。烽燧配备有各类守御器备，汉简中的检查记录说明了守御器的类别和数量。肩水金关出土的骑士简，反映了汉代边塞骑兵作战的状况。

惊世汉简文化瑰宝

让肩水金关、大湾城、地湾城名垂千古的，是数以万计的出土文物。经过考古发掘，“三城一关”遗址出土器物有汉简、铜印、铁器、陶器、皮革等，尤以汉简最为珍贵，共出土 17000 多枚，占全国出土简牍的 40% 和居延简牍的 70%。

流沙坠简，那些被遗忘的汉代往事，在漫漫黄沙中沉默着。在巨大的黑暗中，它们听见黑河波涛的翻滚之声，却无法完成重见天日的心愿。

当规模空前的置官开渠、移民屯垦沉寂下来，戈壁和草原又恢复到往日的平静。这段时光大约是在王莽末年，从这个时代起，黑河只伴随着无穷无尽的风，流向更加遥远的荒漠。而壁垒森严的“三城一关”，也只有天真自由的麻雀在城墙上飞来飞去，全然没有往日的拘谨。

一批又一批的戍守者走了，带着不可磨灭的记忆，带着将与亲人重逢的喜悦离开了这里。

据史料记载，汉朝的边塞城市一般分成三个层次：中心城市、关口和军用城堡。肩水金关应该是当时汉帝国的一个入关口岸。说得通俗一点，就是我们现在的海关关口，每一个出关或进关的人都必须在此检查、报关，取得相关手续后方可放行。军用城堡是用来保护关口的。根据大湾城和地湾城的规模大小和位置可以推断，当年的大湾城属边塞城市中的中心城市，而地湾城是保护肩水金关的军用城堡。

翻阅历史典籍，出入“三城一关”的人员控制严格，可见它的军事功能大于通关功能，经济交流和文化交流在这个关口和城堡中戛然而止，只有那些戍卒的守望和往来换防的军人的身影构成了这里的市井人声。

尘封的岁月如凝固的石头，终于被一些探索者的目光所撼动。1930 年，由中、瑞等国的科学家组成的西北科学考察团在肩水金关一带一次性发掘出土汉简一万余枚。这一万多枚汉简，几乎把从前的那个世界翻了个底朝天，我们终于可以像听故事一样，走进“三城一关”，走进那个秘密丛生的隐秘地带，走进那些人真实的生活。

简牍上的记录重新复活了从前的那些人，从前的那些事，似乎让我们找到了一条进入汉王朝边塞城堡的时光隧道。

看看吧，一册 36 枚汉简构成了一件官告民的事件的全部过程，细细读来，情节复杂曲折，这件惊动官府的案件，说的是甲渠障的最高长官向居延县衙告他雇用的民工违约，民工不服，反告雇用他的长官没有按约付工钱。他承揽的活是去市场卖 5000 条鱼，结果鱼并没有卖到预定的价格，还多出了许多意外的开支等等。寻常的意外事故，寻常的经济纠纷，一下子就把人带到了“三城一关”一带热闹的诉讼场景。这让我们感觉到，在这样一个小小的关口和军事城堡，官员也好，百姓也好，都是通过法律来维权，决不“私了”或动干戈。而且，在这样偏僻的地方，法律程序完备，各自都可以找出法律条文来进行充分的阐述，然后由掌握司法权力的官署裁决。

因为黑河的存在，形成了水草丰美的草原和物产丰富的绿洲，一次出售 5000 条鱼不在话下，这说明当时在“三城一关”进行的屯田已见规模。不仅如此，这些汉简内容涉及屯田组织、农事系统、屯垦劳力、田仓就运、田卒生活、剥削形式、剥削量以及农具、籽种、水利、耕耘、管理、收藏、粮价、定量等，可以看出居延地区的屯田孕育了黑河两岸的文明。

“三城一关”相距河西走廊和中原腹地甚是遥远，如何传递军情，汉简中记载的“烽火品约”让我们眼界大开。“品约”就是当时的规定和制度，属于部门法令和条例。从简牍记录可知，汉代烽火的种类主要有以下几种形式:蓬、表、积薪和苣火。其中“表”是用布、帛制作的旗帜类物，又分为通报有人逃亡的“亡人表”和通报烽火传递错误的“诟火表”。表在汉代一天能传递1600汉里,约今天的660公里。“蓬”也是一种旗帜,它有升降用的木杆和辘轳。“积薪”则是用当地盛产的芦苇纵横交错、相叠而成的大柴堆。“苣火”就是火把，又有大、中、小三种类型。一般来说，“表”和“蓬”多用在白天，而苣火多用于夜间，积薪则可以全天候使用。四种不同的物品组合以及不同数量的组合，分别被约定为不同的含义，代表敌人来犯的数量，反映敌人在什么地方扰边，是否掳走财物等。为了更好地将“烽火品约”落实到具体的军事行动中，当时还要求戍卒必须熟悉其内容，达到背诵的水平。负责人会随时随地检查，发现不达标准者，会对其进行处罚。

黑河沿线，“三城一关”的地理豁口，在中国历史的进程中，既为来自遥远北方的游牧民族和军事力量留下了长驱直入的通道，也为汉民族自身的政权恢复创造了出奇制胜的路径。而今，这风化的城堡，沙化的地貌，留给人们的只是岁月变迁的伤感，沧海桑田的轮回。

河西的鼓楼

在河西生活，总是绕不开一个举目可观的建筑物，那就是鼓楼。

鼓楼是中国建筑文化的标志，一个古老的城池，总会有一座巍峨矗立的鼓楼。最初，鼓楼是城隅上置放巨鼓的楼房，用以报时或警戒盗贼。后来，鼓楼矗立于城市的中央，成为城市无处不在的形象。

河西走廊作为古代丝绸之路的要冲，从汉武帝列四郡起，一座座城市就在这块土地上拔地而起。敦煌、酒泉、张掖、武威，在漫长的岁月里，积累着自己的建筑文化。鼓楼就是其中的代表。

酒泉鼓楼坐落在酒泉古城中央，距今已有 1630 多年了。鼓楼建筑经历了几个不同的历史时期，基座是东晋时期酒泉故城的东门旧址，外面的青砖是清雍正年间包砌上去的，三层木楼则是清光绪三十一年（1905）重修的。鼓楼拔地 27 米，基座呈正方形，周长 112 米，高 8 米，为木架结构塔形楼。一楼每面三开间，楼内四根粗壮的通天柱顶贯三楼；二楼每面有 12 个雕花窗扇，嵌在十二根撑柱之间；外有走廊栏杆，东西两面分别悬挂“声震华夷”“气壮雄关”的巨幅匾额。三楼为单间，单檐，四面开窗，四角高挑，外有回廊护栏；楼顶装有聚宝瓶。鼓楼整体轮廓呈金字塔形，挺拔雄伟，巍峨壮丽。登楼远眺，高远达世之感溢于胸间。门洞的四个砖券门楣上部皆嵌有突出壁面的仿木砖雕廊檐，其下各有一幅浮雕神瑞画，东为“二龙戏珠”，大约是取酒泉东向大海的

酒泉鼓楼

意思;西镌“丹凤朝阳”，是取了《山海经》上西方有“丹穴之山，五色而多紫”的典故;南则“河图洛书”，引了大禹治水的传说，禹治水到河西，曾导弱水（黑河）至于合黎山，入于流沙（今内蒙古额济纳旗），导黑水至于三危（今敦煌）入于南海，精美的画幅颂扬了大禹治水的丰功伟绩；北为“八仙庆寿”，是中国传统文化的精髓内容，祈望人寿年丰的美好愿景。浮雕下面是门额，分别为“东迎华岳”“西达伊吾”“南望祁连”“北通沙漠”。仅仅十个字，就点明了酒泉的地理位置及其河山襟带的优越形胜。券洞中心为八卦结顶，悬置伏羲八卦板一块，起着指示天文方位的作用。马道门额曰“云路先登”，是形容鼓楼巍然高耸，登楼如同登天梯一样。

走进酒泉，崭新的城市与古老的鼓楼交相辉映，呈现了一座城市的历史，同时也必将见证一座城市辉煌的未来。

张掖鼓楼又名镇远楼、靖远楼，位于张掖城中心。据《重修甘州吊桥及靖

武威南城门楼

远楼》碑刻记载，鼓楼始建于明正德二年（1507），清顺治五年（1648）焚毁于兵燹，康熙七年（1668）甘肃提督张勇重建，乾隆、光绪年间两次修缮。鼓楼平面呈方形，全用青砖包砌，基部衬砌石条，台顶砌有一米高的女墙，下部四面中轴线开券形门洞。门洞平面呈十字形，与四条大街相通，可供通行；门洞顶部砌5层砖券，上面嵌刻砖匾额，东为“旭升”、西为“宾晟”、南为“迎薰”、北为“镇远”。楼阁上下两层，重檐四面悬挂匾额，东“金城春雨”、西“玉关晓月”、南“祁连望雪”、北“居延古牧”。康熙七年（1668）重建后，改为东“九重在望”、西“万国咸宾”、南“声教四达”、北“湖山一览”。钟鼓楼东南角有唐钟一口，铸有图案，每层6格，上层其中3格为飞天，飞天戴花冠，袒上身，下着裙，露脚，手拿花束；中层6格，其中3格是朱雀、玄武；下层6格，其中3格是青龙白虎。全钟只有图案，无文字，全国罕见。张掖鼓楼的匾额及壁画图案，再现了张掖繁华的过去，可以说是解读张掖的一部历史教科书。

武威南城门楼，又称昭武门，始建于隋代，完善于明代。原城楼为重檐歇山顶式建筑，造型古朴雄伟。相传曾有“夜雨打瓦”的奇观，即于寂静之夜，在南城门楼内可以清晰地听到细雨在瓦上淋漓的声音，出去看却晴朗无雨，是凉州著名的八景之一。

凉州城最早建于匈奴，名盖臧城，音译之别称姑臧城。姑臧，古羌语意为姑部落。因城有龙形，名卧龙城，《晋书》:“凉州有龙形，故卧龙城，南北七里，东西三里，本匈奴所筑也。”公元301年至376年，张轨父子称制凉州，又增筑四城厢各千步。北朝诗人温子升《凉州乐歌》中写道:“远游武威郡，遥望姑臧城，车马相交错，歌吹日纵横。”此时的凉州城南北长、东西短，南城有东、西苑城，形似有头尾两翅的鸟城。因此，凉州城又有鸟城和凤城的说法。从汉代至唐代，凉州城已发展为七城，成为唐王朝经略大西北，通商亚、欧、非各国的战略要地和丝路都会。唐岑参赋诗曰：“弯弯月出挂城头，城头月出照凉州。凉州七里十万家，胡人半解弹琵琶。”明王朝为了巩固加强凉州这一战略要地，采取外筑边墙、内修城池的措施，从明洪武十年(1377)至万历十五年(1617)，历时240年，对凉州城进行增修加固，新修了西城门，修建了东、南、北三大城门楼，创修吊桥四座，挖了深6米的城壕，在城墙四周修建了箭楼、逻铺三十六座,后来又用城砖包砌了全部城墙。经过这些增修加固,凉州成了名副其实的“金城汤池”。

后历经战乱，城门楼几经毁坏。及至近代，原城墙、城门均已损毁，唯有南城门楼还遗有两座高约10米的土台。1927年5月23日，古浪县发生8.0级地震，县城周围50多里范围内变成一片废墟。武威城楼、城墙震毁。

如今新建的南城门楼是一座仿明代建筑，采用三层重檐，歇山大屋顶结构，底座全部由青砖砌成。这座高39.6米，占地面积5387平方米的城楼，正面悬挂着“银武威”匾额，背面则是赵朴初先生题写的“神骏天马”匾额。在这里不仅可以历览前贤的柱雕、写意凉州的浮雕，更可以欣赏到象征和平的方鼎和小桥流水，给这座坐落在西部的历史古城增添了不少秀色。尤其是伯凤麟题写的武威南城门楼的 302 字长联，可谓中华楹联中的一绝：

华夏五千年，兴废问沧桑。溯兹墉，龙盘要隘，游踪历历。承刘彻武略，边将阚阚，刀光剑影，晓日角声，烽烟传禹甸，暮鼓晨钟穿户牖，安邦定域固金瓯；族族睦睦融融处，贾诩班彪范粲，丰功縪烂，名响尤增彩。登临乎，神凝情沸，足蒸瑞霭，陲色独拥。放目兮，东朝帝阙，西望雄关，南瞻藏殿，北观瀚漠。最妙处，古雪天梯，晴霞霄塔，狄台烟草，碧菊黄，鳞跃虬门，鹏翔雁冲。喜奔马横空誉隆，故郡闻环宇；

寰球八万里，戚休涵静气。数斯楼，虎踞绿洲，胜景重重。肇走廊文源，邑士勃勃，浊酒玉觞，冰心雅趣，翰宝耀京畿，胡笳羌龠溢亭阁，绘画吟诗唱俚曲；卷卷煌煌熠熠留，张澍李益阴铿，俊采风流，绩遗尚焕辉。停驻耶，胸荡神怡，眸断嶂岚，塞容尽览。驰怀矣，春享松莺，夏弛禅寺，秋逸驼铃，冬狩银岭。怎忘却，平沙夜月，沃土粮畦，柽柳蜜瓜，汀青荻翠，笛扬牧野，鹿骋羊突。看丝途纵地尘绝，今车啸异邦。

走进河西，大大小小的鼓楼、城楼，是历史文明的大纛，是我们一往无前的标尺。